허니보이 비

허니보이 비

윤해연 장편소설

라임

차 례

프롤로그

나는 언제나 달리고 있었다. 최선을 다해서 뛰어도 번번이 거인에게 잡혔다. 거인은 육중한 몸을 마구잡이로 휘두르며 닥치는 대로 모든 걸 집어삼켰다.

건물이며 나무며 꽃이며 그가 지나간 자리는 죄다 짓이겨졌다. 새가 떠나고 벌이 떠나고 꽃이 죽고 나무가 죽었다. 마을이 파괴되고 마침내 세상이 죽었다. 나는 울고 말았다.

지상에서 가장 달콤한 'Honey'

명동의 하이센터는 생각보다 높은 건물이었다.

마천루가 즐비한 명동에서는 흔한 높이라지만 12층 옥상에서 바라본 전경은 그야말로 전혀 다른 세상이었다.

"왔어? 잘 찾아왔네."

뒤돌아보니 진우 삼촌이었다. 옥상 한쪽에 있는 조립식 카페 유리문을 통해 내가 서 있는 걸 본 모양이다. 5년 전까지만 해도 삼촌은 아버지와 꽤 가까운 사이였다. 무슨 일이 있었는지 한동안 나타나지 않다가 '그 일'이 터진 후 날 찾아왔다. 낯선 느낌은 그때나 지금이나 마찬가지였다.

"진짜 신기해요."

시선을 명동의 어느 거리로 던졌다.

"뭐가?"

"거리에서 본 건물은 무진장 화려한데 여기서 보니까 완전 후져요."

"아무래도 코로나 유행 이후로 그 화려함이 덜하지. 그래도 상권이 회복되면 여기에서 보는 거랑은 다를 거다."

"그런 의미는 아니지만, 다닥다닥 붙은 저 건물들 옥상 좀 보세요. 더럽고 낡았고. 냄새도 날걸요?"

실제로 높은 곳에서 내려다본 건물들의 옥상은 지저분하기가 이를 데 없었다. 낡은 지붕을 얹은 가건물이나 물건이 잔뜩 쌓여 있는 옥상은 가난하고 누추한 사람들이 사는 곳이 분명했다.

깨진 화분과 스티로폼 박스에서 자라는 채소, 옥상에 널어놓은 빨래, 바람에 펄럭거리는 천막 자락에 검은 먼지가 눌어붙어 있을 터였다. 옥상에는 거리에서 본 근사하게 포장된 건물의 민얼굴이 고스란히 드러나 있었다.

"여기까지 냄새가 나요……."

"이제 다 컸다고 비유도 할 줄 아네."

"비유요?"

무엇을 비유했다는 건지 이해할 수 없어 물었지만 삼촌은 말없이 내 등을 떠밀며 카페로 안내했다.

아버지와 아는 사이인 진우 삼촌은 서울에서 도시 양봉 사업을 했다. 도시 양봉 1호점이 카페 'Honey'였다.

"당분간은 나랑 살자. 여기서 알바도 하고."

카페 출입문을 열면 오른쪽으로 계산대를 겸한 바가 있었고 그 뒤로는 주방이 있었다. 창가에 테이블 일곱 개가 기역 자 모양으로 배치되어 있었는데, 맞은편의 유리문 너머는 그 길이만큼 강의실이었다. 공간을 반으로 나누어 한쪽은 카페로, 나머지 한쪽은 강의실로 쓰는 셈이었다. 강의실 천장에는 수업에 필요한 빔 프로젝터가 달려 있었고 그 아래로 의자가 붙은 책상이 스무 개 남짓 놓여 있었다. 여기서 도시 양봉에 대한 수업을 하는 모양이었다.

"벌집은 어디 있어요?"

"그것부터 볼래?"

진우 삼촌이 아버지에게 양봉을 배운 건 오래전이라고 했다. 5년 전까지만 해도 삼촌은 주말마다 아버지와 내가 있는 보령까지 내려와 양봉 일을 도왔다. 도시 양봉을 배우는 사람들을 데리고 실습을 하러 오기도 했다. 언제부턴가 삼촌이 아버지와 연락하지 않고 지낸다는 걸 알았지만 그 이유를 묻지는 않았다. 그리 이상하거나 놀라운 일은 아니었다. 아버지에게는 사람을 떠나게 하는 특별한 재주가 있었기 때문이다.

"친구들과 인사는 하고 온 거야?"

진우 삼촌이 카페 뒤쪽으로 성큼성큼 걸어갔다. 카페 옆과 뒤쪽은 앞쪽과는 또 딴판이었다.

등나무가 탐스럽게 자라 오두막을 뒤덮고 있었고 화단에는 갖가지 나무들이 자라고 있었다. 영글지 않은 열매가 달린 나무며 노란 민들레와 붉은 영산홍, 조금 이르게 접시꽃도 활짝 피어 있었다.

"여기가 삼촌 정원이에요?"

"딴소리는……. 내 건 아니지만 내 거라고 치자."

진우 삼촌이 짧게 웃었다. 아니, 웃은 것 같았다.

삼촌이 희철이와 주호를 콕 집어 말한 건 아니겠지만 내게 친구라고는 그 두 녀석뿐이었다. 물론 인사 같은 건 하지 않았다. 아니, 할 수가 없었다.

아버지가 죽을 때 그 자리에 희철이가 있었다. 녀석의 놀란 눈을 아직도 잊을 수가 없다. 공포와 경악으로 크게 홉뜬 눈이 쉬지 않고 흔들렸다. 그리고 녀석은 그 눈으로 나를 바라보았다.

그들에게 잘 있으라는 인사 따위는 공포가 될지도 모른다. 그저 조용히 사라져 주는 게 그들에게 해 줄 수 있는 최소한의 예의일 것이다.

등나무를 지나 카페 뒤로 가자 정원에 강한 햇볕이 한가득 쏟아지고 있었다. 흐드러지게 핀 연분홍 진달래꽃 사이로 벌통이 보였다. 가장 흔한 됫박 벌통이었다.

"벌통이 다섯 개나 되네요. 그런데 벌이 있긴 해요?"

도무지 꽃 군락이라고는 찾아볼 수 없는 명동에 벌집이라니……. 코앞에서 보고 있으면서도 이상스러울 정도로 한 그림 속에 잘 그려지지 않았다.

"저기를 봐. 남산 타워 보이지? 저기에서 벌들이 와."

접은 우산같이 생긴 타워가 멀찍이 보였다. 직선거리로 10킬로미터는 안 되는 것 같았다. 벌들이 충분히 날 수 있는 거리였다. 물론 뾰족한 철탑이 있는 산은 벌이 살기에 그리 좋은 환경은 아니겠지만. 그런대로 이곳 벌들이 살아갈 수 있는 최소한의 서식지처럼은 보였다.

보령의 벌들에 비하면 척박한 환경이지만 도시의 벌들도 어떻게든 제 살 곳을 찾아야 했을 것이다.

“도시 양봉을 하는 곳이 많아요?”

“우리는 여섯 군데가 있어. 네 개는 대학 옥상에 있고 한 개는 어느 기업체의 사옥에 있지. 그리고 여기가 메인인 셈이야.”

“생각보다 많네요. ……도시 꿀이 맛이 있나?”

도시 양봉이 무엇인지 잘 모르지만 이런 곳에서 벌을 키워 꿀을 판다는 게 믿을 수 없었다.

“꿀보다는 양봉 수업이 주 수입원이지만 꿀 장사도 그럭저럭 잘되는 편이야. 그런데 지난주에 성균관 대학교에 있는 곳은 도봉됐어.”

“왜요?”

“요즘 말벌 때문에 난리도 아니야. 도시는 말벌들의 천국이지.”

“그놈의 말벌 새끼들이 도시에서도 극성이구먼…….”

나도 모르게 혼잣말처럼 중얼거렸다.

보령으로 내려가 양봉을 시작했던 첫해, 벌통 스무 개 중에 세 개가 말벌에게 공격을 당했다. 아버지는 그 일을 무슨 무용담처럼 말하곤 했다. 이후에도 말벌의 도봉 때문에 크고 작은 일들이 있었고 그 천적들로부터 벌을 잘 지켜내야 실력 있는 양봉업자가 되었다. 사람에게 당하는 도봉만큼이나 말벌에게 당하는 도봉도 흔한 일이었다. 양봉업자는 도봉을 당하면 한 해 농사를 망치는 거지만 꿀을 도둑맞은 벌들에게는 선택의 여지가 없었다. 죽거나 흩어지거나, 둘 중 하나였다.

“여기서 일하면서 수업할 때 내 보조를 하면 돼. 가끔 현장에도 나갈 거고. 몇 달 정도 쉬었다 내년에 다시 학교에 들어가는 거야. 할 수 있겠어?"

"……."

내가 아무 말도 하지 않자 진우 삼촌이 다시 물었다.

"왜? 못할 것 같아? 그렇게 어려운 일은 아니야. 아빠 도와준 것보다는 쉬운 일이야."

"아빠요?"

"아, 참. 너는 아버지라고 하지. 열 살도 안 된 네가 아버지라고 부를 때 좀 신기했어. 그 나이 대에는 아버지보다 아빠라고 많이 부르니까. 어쨌든 그 일은 얼른 잊어라. 쉽지는 않겠지만……."

그 일, 그러니까 보령 사건은 지역 신문에 짤막하게 실렸다. TV 뉴스에도 스쳐 지나가듯 보도된 걸 나중에 짤로 확인했다.

양봉업자 김 모 씨가 벌 떼의 공격을 받아 숨졌다는 기사는, 어느 집 개가 주인을 물어 죽였다는 기사보다도 주목을 받지 못했다. 하지만 양봉업자가 자신이 키우는 벌 떼의 공격을 받아 죽는 건 흔한 일이 아니었다. 오죽하면 토종벌은 주인이 죽으면 상복을 입는다는 우스갯소리가 있을 정도니까.

벌을 누구보다 잘 아는 이가 자신이 키운 벌에게 쏘여 죽었다는 건 개가 주인을 물어서 죽인 것과는 차원이 다른 이야기였다. 견주는 그 개를 속속들이 잘 모를 수도 있지만 양봉업자는 자신의 벌을 모를 수가 없었다. 벌을 알지 못한다면 그 벌이 주는 어떤 부산물도 얻어 낼 수 없기 때문이다. 그게 그들의 생명과도 같은 꿀이라면 더더욱 그렇다.

어쨌든 아버지 김석진 씨의 죽음으로 진우 삼촌과의 인연이 다시 이어진 셈이었다. 단순히 아는 사이였다고, 과거의 어떤 인연 때문에, 혹은 아버지에게 신세를 졌다는 이유로 삼촌이 날 찾아온 것이 이해가 되지는 않았다. 하지만 이해는 이해일 뿐이고, 나는 딱히 갈 곳이 없었다. 이전의 잦은 가출이 내 발목을 잡은 것이다. 보호자가 없어서 영락없이 쉼터 같은 청소년 보호 시설에 들어갈 판이었다. 달리 선택의 여지가 없었다.

다음 날 Honey에 가자 진우 삼촌이 커피를 내리는 방법을 알려 주었다.

"커피 머신이 있지만 드립 커피를 주문 받으면 이 주전자를 써야 해."

삼촌이 주둥이가 가는 주전자를 가리켰다.

"드리퍼에 거름종이를 깔고 커피 가루를 이 정도 넣어. 그리고 주전자를 잘 돌리면서 뜨거운 물을 떨어뜨리는 거야. 물이 떨어지면서 드리핑이 되는 거지. 머신으로 뽑은 것보다 드립으로 내린 커피가 맛이 깨끗해. 농도 조절도 할 수 있어서 드립을 고집하는 사람들이 있거든."

진우 삼촌은 마치 중요한 제례 의식처럼 신중하게 커피를 내렸다.

"이걸 저더러 하라고요?"

"조금 있으면 알바생이 오는데 드립 하나는 끝내주게 잘하는 친구니까 배워 보도록 해. 꿀몽 커피 내리는 것도 배우고."

"꿀몽이요?"

"잡화꿀을 넣은 커피를 말해. 나머진 그 친구한테 부탁하면 친절하게 알려 줄 거야. 오늘은 기업체 직원들 대상으로 하는 수업이라 내가 꼭 가야 하거든. 주된 수입원이라 빠질 수가 없어."

한 번도 안 해 본 카페 알바라니, 차라리 배달이 낫겠다. 커피만 파는 게 아니라 손님이랑 말도 섞어야 하고 음료도 만들어야 한다. 게다가 친절하기까지 해야 하니 더없이 귀찮을 거다. 물론 진우 삼촌은 일부러 친절하게 굴지 않아도 된다고 하지만 그건 순전히 사장 입장에서 하는 말일 뿐이다. 어쨌든 당장은 살고 봐야 한다. 사방에서 의심의 눈초리로 보고 있는데, 여기에서 쫓겨나면 난 죽은 목숨이다. 저 빌어먹을 벌도 이런 곳에서 살고 있지 않은가.

애써 아무렇지 않은 척 고개를 끄덕였다. 진우 삼촌이 살짝 웃은 것 같다.

짤랑!

그때 카페 문에 달린 종이 울렸다. 삼촌이 말한 알바생이 들어왔다.

"해나 왔구나. 내가 말한 친구야. 김연우!"

진우 삼촌이 마시던 커피를 입안에 단숨에 털어 넣었다.

우리는 어색하게 눈인사를 나누었다. 내 또래 같기도 하고 나보다 나이가 많은 것 같기도 했다.

해나는 짧은 커트 머리에 코와 귀에는 피어싱을 하고 있었다. 오른쪽 귀에는 피어싱을 무려 다섯 개나 했다. 게다가 눈 화장은 TV에서나 봄 직하지 또래 아이들의 화장법은 아니었다. 진한 아이라인이 눈

꼬리 밖까지 이어졌고 속눈썹은 무슨 조화를 부렸는지 위를 향해 있었다. 게다가 한여름에 긴팔 차림이었다. 까만색 면티 아래엔 카고 바지를 받쳐 입었는데, 철컹거리는 사슬만 있으면 영락없이 영화 속 폭주족이었다.

"빨리 친해져라. 그래야 내가 편하니까."

어색해하는 우리 둘을 보며 뭐가 좋은지 삼촌은 연신 웃음을 흘렸다. 과한 관심에 짜증이 치밀었다. 하지만 지금은 누군가에게 짜증을 낼 수 있는 처지가 아니었다.

"빨리 가세요. 지난번처럼 지각하지 말고."

해나는 익숙하게 주방으로 가더니 앞치마부터 입었다. 진우 삼촌은 서둘러 카페를 나섰다. 손을 씻은 해나가 자몽과 얼음, 탄산수를 차례대로 꺼내 믹서기에 넣고 버튼을 눌렀다. 믹서기가 돌아가자 자몽 향이 부드럽게 퍼졌다. 입안에 침이 고였다.

해나는 두 개의 투명한 유리잔에 자몽즙을 나누어 따랐다.

"메이플 시럽, 잡화꿀 골라 봐!"

해나가 하는 행동을 멍하니 바라보다 그 말에 정신이 번쩍 들었다.

"아, 아무거나……요?"

나도 모르게 존댓말이 붙었다.

해나가 움직일 때마다 콧방울에 있는 은색 장신구가 빛났다.

"아무거나라……, 아무거나 좋지……."

해나가 중얼거리며 자몽주스에 잡화꿀을 넣어 내게 내밀었다.

자몽주스에서 살짝 아카시아 향이 났다. 잡화꿀이지만 아카시아 밀

원지에서 이동 양봉을 한 야생화 꿀 같았다. 향이 강한 걸 보니 신선한 햇꿀이 틀림없었다.

혀 안에 자몽과 꿀 특유의 향이 쏟아지듯 고였다. 냄새와 함께 자몽 주스를 한 번에 들이켰다. 마침 갈증이 나던 참이라 그런지 목젖까지 시원함이 느껴졌다.

"지상에서 가장 달콤한 Honey에 온 걸 환영해. 며칠은 내 옆에서 하는 걸 보기만 해. 그러고 나서 궁금한 게 있으면 물어봐. 질문?"

"왜 반말해요?"

"억울해? 그럼 너도 해. 됐지?"

삼촌에게서 친절할 거라고 소개받았던 알바생은 그리 친절하지 않았다. 차라리 그편이 좋았다. 넘치는 친절과 관심이 얼마나 피곤한 일인지 한 달 내내 겪을 만큼 겪었기 때문이다. 불친절한 알바생 덕분에 이곳이 싫지 않을 수도 있겠다.

창밖으로 맑은 하늘이 보였다. 현란한 기타 소리가 울려 퍼졌다. 나중에 알고 보니 해나는 이 음악을 시작 사인처럼 켜는 것 같았다. 매노워의 〈Sting Of The Bumblebee(왕벌의 비행)〉가 심장 박동과 함께 울렸지만 냉한 에어컨 바람 때문인지 내 심장은 좀처럼 뜨거워지지 않았다.

점심시간이 되자 일곱 개의 테이블이 모두 찼다. 밖에 있는 등나무 아래의 마루에도 손님이 앉았다. 강한 볕이 옥상 바닥을 달구어서인지 네 개의 야외용 파라솔은 대부분 비었다. 나는 해나가 시키는 대로 안으로 밖으로 정신없이 쟁반을 들고 다녔다.

다행히 점심시간은 짧았고 이후에는 두어 팀이 머물다 갔다. 벌통에는 네 시가 되어서야 가 보았다. 벌 몇 마리가 벌통 하단에 난 작은 문을 통해 드나들고 있었다.

열은 바람이 불었다. 에어컨 바람과는 다른 서늘함이 느껴졌다. 벌통 옆에 있는 캐비닛에 방충복과 모자, 도구들이 갖춰져 있었지만 나는 맨손으로 벌집의 뚜껑을 열었다. 벌집 안에는 여섯 개의 소비장이 나란히 꽂혀 있었다. 벌들이 붙어 있지 않은 사양기 한 개를 제외하면, 다섯 개의 소비장에는 벌들이 꽤 많이 있었다.

중간의 소비장 한 개를 조심스럽게 들어 올렸다. 수십 마리의 벌들이 따닥따닥 붙어 있었다. 예민한 벌 몇 마리가 인기척을 느꼈는지 내 손등을 타고 올라왔다. 곧이어 얼굴과 팔에도 벌들이 앉았다. 낯선 진동을 느낀 벌들이 내 주변을 맴돌기 시작했다.

귓가에 벌의 날갯짓 소리가 들렸다. 1초에 200회 가까이 날갯짓을 해야 날 수 있는 그들의 움직임은 또 다른 언어였다.

그날 이후, 처음 만나는 벌이었다. 심장이 벌렁거렸다.

벌이 처음으로 두려운 존재로 느껴졌다.

나도 모르게 손바닥을 펼쳤다. 몇 마리의 벌들이 손바닥 위에 앉았다. 살며시 손바닥을 오므려 벌을 가두었다. 그러자 강한 움직임이 느껴졌다.

오므린 손을 들어 귓가에 댔다.

벌의 떨림과 내 심장이 같은 속도로 뛰었다.

1초,

2초,

3초.

손바닥을 활짝 폈다.

손안에 있던 벌들이 날아올랐다. 그게 신호인 양 소비장에 있던 벌들이 격렬하게 움직이는가 싶더니, 먼저 날기 시작한 벌들을 따라 일제히 날아올랐다. 벌들의 움직임이 점점 커졌다. 내 시선도 그들을 따라 올라갔다.

벌 떼는 내 주위를 크게 맴돌며 하늘 위로 올라갔다 낙하하듯 내게로 다가왔다. 나는 꼿꼿하게 서서 벌들이 쏟아지듯 날아오는 걸 두 눈을 부릅뜨고 바라보았다. 눈 하나 깜박이지 않았다. 두려웠지만 나는 벌들을 거부할 수 없었다. 벌들은 검은 소용돌이를 만들듯이 나를 에워싸며 춤을 추었다.

벌이 나는 소리가 큰 압력으로 나를 사로잡았다. 마치 공중에 뜬 것처럼 소리가 내 몸을 허공으로 이끄는 것 같았다.

급기야 벌들이 내 몸에 달라붙기 시작했다. 점점 더 많은 벌이 몸에 붙었다. 팔과 다리는 물론이고 얼굴과 머리, 몸통 할 것 없이 벌들은 틈을 주지 않고 내려앉았다. 마치 인간 먹이장에 앉은 것처럼 내 몸에 안착한 벌들이 윙윙거렸다.

나는 꼼짝도 하지 않고 서 있었다.

갸아악!!!!!

날카로운 비명과 함께 벌들이 흩어졌다.

나는 천천히 뒤돌아 해나를 쳐다봤다.

떠난 벌은 돌아오지 않는다

깜박 잠이 들었다. 눈을 떴을 때 온몸에 식은땀이 흐르고 있었다.

또 비슷한 꿈을 꿨다. 오래전에 떠난 엄마가 벌집 앞에 서서 몹시 떨고 있었다. 수십만 마리의 벌 떼가 검은 연기처럼 주위를 날아다니는 탓에 시야가 가려져 엄마가 보였다 말았다 했다.

그리고 아버지가 각목을 들어 벌 떼를 향해 휘둘렀다……. 각목? 사라졌던 기억의 일부가 생각났다. 그날, 아버지는 각목을 들고 있었다. 그게 왜 이제야 기억난 걸까? 짤막하게 끊긴 기억은 마치 흩어진 그림 퍼즐 같아서 이어지는 조각을 찾아야만 했다.

아버지가 죽자 여러 사람이 날 찾아왔다. 경찰은 단순 사고인지 다른 이유가 있는지 현장 조사를 하기 위해서 왔다. 상담사와 사회 복지사, 구청에서도 나를 찾았다. 아버지 말고는 보호자가 없기에 이 모든 일을 직접 겪어야 했다.

하지만 유일한 목격자인 나는 그 순간에 대한 기억이 없었다. 중간에 희철이가 자전거를 타고 온 것은 기억이 났지만, 온몸이 퉁퉁 부은 채 죽어 있던 아버지의 모습, 희철이의 놀란 눈 말고 그 외의 기억들은 모두 조각나 있었다. 경찰은 나를 믿지 못하는 눈치였다. 믿기지 않는 건 나도 마찬가지였다. 나중에서야 단기 기억 상실증이라는 진단을 받았는데, 그게 무얼 의미하는지 지금도 모르겠다.

어쨌든 이번에는 꿈속에서 엄마를 보았다. 몇 년 동안 한 번도 꿈에 나타나지 않았던 엄마를 말이다. 엄마는 평생 일만 한 사람이었다. 꿀을 채집할 산에 오르고 벌집 세울 터를 만드느라 일 톤 트럭을 몰고 산과 들을 누볐다. 벌집 여섯 장이 들어가는 채밀기쯤은 혼자서 거뜬히 트럭에 실어 날랐다. 여섯 장들이 채밀기는 30킬로그램이 넘는 무게였다. 그리 크지 않은 체구에서 괴력 같은 힘이 나올 때마다 진짜 엄마 힘이 맞는지 의구심이 들었다.

엄마는 일만 하다 죽는 일벌과 닮았다. 벌을 알아 가면서 가장 놀란 건 일벌이 암컷이라는 사실이었다. 죽어라 일만 하는 일벌이 수컷이 아니라 암컷이라고 했을 때, 역시 벌의 세계는 암컷에 의해 유지되는 게 틀림이 없다고 생각했다. 벌을 키우는 유모벌도 암컷이고 알을 낳는 여왕벌도 암컷이지 않은가.

일벌은 하루 동안 대략 삼천 송이의 꽃을 찾아다니며 꿀을 모은다고 한다. 벌집과 꽃 군락을 수도 없이 왕복하는 것이다. 그래 봐야 작은 티스푼도 채우지 못할 만큼의 양이었다. 무엇인가를 위하여 끊임없이 몸을 움직여야 했던 엄마와 일벌이 뭐가 다를까?

그러다가 영영 벌집으로 돌아오지 않았던 여느 벌처럼 엄마도 그렇게 돌아오지 않았다. 엄마가 타고 나갔던 일 톤 트럭은 몇 해 전에 벌집을 세웠던 부락산 자락에 버려진 채였다.

그곳을 떠올릴 때면 엄마가 트럭도 없이 긴긴 산길을 홀로 걸어서 내려갔을 거라는 생각에 씁쓸해졌다. 그 길을 함께 걷지 못한 것에 화가 나기도 했지만 생각 끝에는 번번이 헛웃음이 나왔다.

잠을 깬 기척이 들렸는지 진우 삼촌이 방문을 두드렸다.

"자니?"

자는 척하려고 대답하지 않았는데 삼촌이 슬며시 문을 열었다.

"몸이 안 좋으면 바로 얘기해야 해."

"몇 시예요?"

그 말을 무시하고 휴대폰을 찾았다. 분명히 옆에 두고 잤는데 많이 뒤척였는지 보이지 않았다.

이불 밑에 깔린 휴대폰을 꺼내 시각을 확인했다. 새벽 한 시가 지났다. 열두 시가 다 되어 잠이 들었으니 한 시간 남짓 잠을 잔 것 같았다.

"언제 들어왔어요?"

"막 들어왔어. 옷 갈아입으면서 생각난 건데 이 집에 누가 있더라고. 그게 너더라."

진우 삼촌이 웃었다. 자기 말이 꽤 괜찮은 농담이라고 생각하는 것 같았다.

"……."

내가 웃지 않자 어색한 기운을 느꼈는지 이어서 물었다.

"카페 마감은 잘한 거지?"

"친절한 알바생이 다 알아서 했어요."

"그렇지? 우리 알바생이 심하게 친절하지."

삼촌의 유머 코드가 나와는 맞지 않았지만 그런대로 귀여운 맛이 있었다.

진우 삼촌은 아버지보다 여덟 살이 적었는데, 왠지 그보다 더 어리게 느껴졌다. 외모 때문이 아니라 말투며 행동이 완전한 어른이 아닌 것 같았다. 어딘지 모르게 서툰 데다 지금처럼 어울리지 않는 농담을 할 때는 더더욱 그랬다.

어쨌든 아버지에게 진우 삼촌은 꽤 중요한 고객이었다. 일반 양봉업자에게 도시란 벌이 살 수 없는 불모의 땅이었고, 그러한 땅에 벌을 키우는 도시 양봉업자란 불모지에 꽃을 심는 사람과도 같을 터였다. 진우 삼촌의 무모함이 측은했을 수도 있고, 아니면 무지한 모습을 보고 자신의 능력을 보여 주고 싶었을지도 모른다.

무뚝뚝한 아버지였지만 진우 삼촌이 오는 날에는 모든 행동이 달랐다. 마치 연인을 기다리는 사람처럼 허둥댔고 묘하게 들떠 있었다. 평소와 다른 아버지는 늘 우리를 불안하게 했다. 그때는 엄마와 같이 살았으니 '우리'라고 묶일 때였다. 조금만 수틀려도 그 불똥이 튈 판이었다. 엄마는 어땠는지 모르겠지만 나는 진우 삼촌이 오지 않길 바랐다. 하지만 삼촌은 어김없이 보령에 내려왔다.

"내일은……. 아니지, 열두 시가 넘었으니까 오늘인가? 어쨌든 오늘은 도시 양봉을 해 보겠다는 새로운 클라이언트가 있어서 현장 답사를 하러 가. 혼자 출근할 수 있지? 토요일이라서 손님이 많지는 않을 거야. 휴일에는 한산하거든."

"알바생은 안 와요?"

혼자라는 말에 깜짝 놀랐다.

"해나는 주중에만 와. 주말은 한가해서 양봉 수업을 주로 하는데 이번 주는 수업이 없어. 카페 문을 열지 않을까 했지만 너도 심심할 것 같고. 거기 가서 벌이랑 놀든가, 카페 일을 익히든가 하라고. 싫으면 안 가도 돼. 혹시나 해서 묻는 건데 무서운 건 아니지?"

"뭐가요?"

진우 삼촌 말끝이 왠지 놀리는 것 같아 기분이 살짝 나빴다.

"혼자 카페 지키는 거 말이야. 카페 비번이랑 우리 집 비번은 휴대폰에 저장했어? 잊으면 안 돼. 알겠지?"

"이미 외웠거든요."

"오호, 우리 연우 머리가 좋네."

삼촌은 자꾸만 웃었다. 그 웃음이 삼촌을 좋은 사람이라고 착각하게 만들었다. 아버지도 남들에게 좋은 사람처럼 웃어 주었다. 그래서 아버지를 더 많이 미워했다. 착각하지 않기 위해 있는 힘껏 증오했다.

날이 밝자마자 카페로 향했다. 삼촌의 집은 하이센터에서 걸어서 십오 분 거리에 있는 3층 건물의 옥탑집이었다. 옥탑집이긴 해도 방이 두 개나 있고 거실 겸 주방도 꽤 넓었다. 내가 쓰는 방이 삼촌의 사무실이었던 모양이다. 책상과 함께 사무기기들이 거실로 나갔지만 몇몇 비품들은 방 한구석에 그대로 쌓여 있었다.

누군가를 위해 자신의 공간을 내어 주는 이들이 어떤 인간인지 늘 궁금했는데, 그게 바로 진우 삼촌 같은 사람이었다. 무엇 때문이라고 설명하지도 않았고 무엇을 갚기 위해서 하는 행동도 아닌 것 같았다.

휴일 아침의 명동은 조용했다. 엔데믹 이후 사람이 늘긴 했지만 과거의 영광을 찾아볼 순 없었다. 비어 있는 상가마다 임대라는 전단지가 붙어 있었고 그 밑에는 어김없이 고리대금업자의 명함 쪼가리가 쌓여 있었다.

거리를 지나다 보면 명함 뿌리는 알바를 흔히 만난다. 한 손으로 핸들을 잡은 채 오토바이를 서서히 몰면서 다른 손으로는 명함을 가게 문 쪽을 향해 쏜다. 말 그대로 쏜다. 명함은 주거나 뿌리는 게 아니라 쏘는 것처럼 그들의 손가락에서 발사된다. 걸어가면서 던지는 것도 아니고 오토바이를 탄 채로 명함을 뿌리는 것을 보면, 얼마나 이 동작을 반복해서 했는지 알 수 있다. 속도와 정확성, 게다가 섬세함까지 갖춰야 한다. 우선 빈 가게인지 확인해야 하고, 만약에 영업을 하고 있다면 가게의 기운마저 읽어 내야 하기 때문이다. 장사가 잘되는 가게는 굳이 이 명함이 필요 없을 테니까.

나는 진우 삼촌이 만들어 준 샌드위치를 먹으며 거리를 걸었다. 이른 시각에 가게를 여는 사람들의 어두운 표정이나 잘못 찾아온 것 같은 관광객들의 난감한 표정을 보면서 도시 속으로 걸어 들어갔다.

생각보다 꽤 긴 시간을 산책한 것 같았다. 휴대폰을 두고 나와서 시간이 얼마나 되었는지 가늠할 수 없었다.

하이센터 로비에 들어서자 대형 시계가 열 시 반을 가리키고 있었다. 12층까지 엘리베이터를 타고 올라간 다음에 계단으로 한 층 더 올라가야 옥상이었다. 그런데 옥상으로 통하는 문이 열려 있었다. 누군가 비번을 해제한 것 같았다. 음악 소리도 들렸다. 어찌나 크게 틀었는지 계단부터 웅웅거렸다.

Honey에 들어갔더니 해나가 있었다. 그 애는 내가 카페에 들어오는 걸 슬쩍 보고는 한쪽 손을 들어 인사를 했다. 내가 바 앞에 있는 의자에 앉자 냉장고에서 자몽을 꺼냈다.

나는 의자 아래에 있는 받침을 밟고 일어서서 모니터가 켜진 컴퓨터에서 볼륨 키를 찾아냈다. 볼륨을 줄이는 와중에도 음악 소리가 몸을 관통이라도 할 듯이 쟁쟁 울려 댔다.

소리가 작아지자 해나가 물었다.

"메탈 안 좋아해?"

"메탈? 록 음악을 말하는 거야?"

"오! 친구, 뭔가 좀 아는 것 같은데?"

해나가 친구라고 불러 주니 낯간지러웠다.

"뭔지 알아야 해?"

"그렇진 않지만 좋아하는 게 비슷하고 관심사가 같다면 서로를 더 잘 이해할 수 있겠지."

"그렇다면 모르는 걸로 하자."

"'아무거나'라든지 '모른다'라는 말을 자주 하네. 그 말 속에 숨으면 마음이 편해?"

"뭐?"

"그런 말은 숨기 위해서 쓰는 거거든."

"누가? 내가?"

"음, 지금은 네가. 예전에는 내가 그랬지."

해나가 내민 자몽주스를 마셨다. 자몽의 알싸한 냄새와 혀끝에서 느껴지는 쓴맛을 잡화꿀이 달달하게 잡아 주었다.

내게만 숨었다고 말하면 따지려고 했는데 과거의 자신도 그랬다는 고백에 따지고 싶던 마음이 사라졌다.

"사장님이 오늘은 안 나올 거라고 하던데 왜 나온 거야?"

"맞아, 공식적으로 오늘은 안 나온 거야. 사장님한테 말하지 말란 소리지. 알아듣지?"

"왜?"

"친구가 궁금해서 나온 거거든."

빤히 쳐다보는 해나의 시선이 부담스러워 고개를 돌려 창밖을 바라보았다. 해나도 내가 보는 쪽으로 고개를 돌렸다. 우리는 잠시 창밖을 보았다. 아무런 말도 오가지 않는 이 공간이 어색할 줄 알았는데 생각보다 편했다.

"괜찮은 거야?"

잠시 후 해나가 물었다.

"뭐가?"

"어제 그 벌 떼 말이야. 그런 건 처음 본다고. 진짜 괜찮은 거 맞아?

사장님도 알아?"

"괜찮다고 어제 말했잖아. 사장님한테 말하지 말아 달라고 부탁한 것도 기억하지?"

"그렇지. 그러니까 우리는 똑같이 비밀이 생긴 거네."

'우리'라는 단어에 이상하게 마음이 설렜다. 그저 단순히 묶인 것뿐인데.

"그런데 오늘 카페에 나온 걸 왜 사장님한테 말하지 말란 거야? 나오면 안 돼?"

"주말이나 휴일, 알바 시간 외에는 이곳에 오지 않기로 약속했거든."

"왜?"

"가출해서 여기에서 사흘 동안 몰래 지내다가 들켰어. 약속을 깨는 날이 여기서 잘리는 날이야."

"아……."

나는 빈 컵을 들고 주방 안으로 들어가 해나가 마신 컵이랑 같이 설거지를 했다. 그사이 해나는 조용한 음악으로 바꿔 틀었다. 커피가 내려지자 실내에 커피 향이 가득 찼다.

해나가 창고에서 청소기와 물티슈를 끼운 밀대를 꺼냈다. 내게 밀대를 건넨 후 자신은 청소기를 돌리기 시작했다. 나는 해나 뒤를 따라가며 묵묵히 카페 바닥을 닦았다.

청소가 끝나자 해나는 아까 내린 커피 한 잔을 들고 창가 쪽 자리에 앉았다. 그러고는 휴대폰을 들여다보았다. 틈만 나면 휴대폰을 보았다. 보령의 희철이도 휴대폰을 달고 살았지만 해나에 비하면 덜한 편이었다.

얼마간의 시간이 흐르는 동안 몇 번 고쳐 앉았을 뿐 여전히 그 자리에 앉아 있었다. 정성껏 내린 커피의 향을 맡을 뿐 입에도 대지 않았다. 아무래도 마시기 위해서 내린 커피는 아닌 듯했다.

그사이 몇몇 손님이 들어왔다. 대부분 간단한 메뉴를 주문해서 해나에게 의지하지 않고 만들어 주었다. 마지막 손님이 아이스커피를 가지고 나가는 걸 확인한 뒤 삼촌의 정원으로 향했다.

벌집은 어제와 다르지 않았다. 내게만 낯설지 이곳의 벌들에게는 매일매일 똑같은 일상일 것이다.

"벌이 좋아?"

해나 목소리가 들렸다. 어느새 내 옆에 와 있었다.

"예전에는 좋았는데 이제는 모르겠다."

"흣! 또 그 소리."

"그런가……. 근데 진짜로 잘 모르겠어."

"벌은 널 좋아하는 것 같던데?"

해나는 벌집을 보고 있었다.

"날?"

"응, 하나도 다치지 않았잖아. 적이라고 생각했다면 널 해쳤을걸."

"……."

내가 아무런 대꾸도 하지 않자 해나가 다시 물었다.

"어제 같은 일 처음은 아니지?"

내가 기억하는 한 나는 벌과 함께 자랐다. 날아다니는 벌 따위를 무서워해 본 적은 없었다. 일을 끝내고 돌아온 엄마의 옷에서 길을 잃은 벌이 몇 마리 떨어지곤 했다. 무섭기는커녕 안타깝기만 했다.

아마도 초등학교에 들어가기 전, 그즈음에 비슷한 일이 있었던 것 같다. 아버지가 죽고 나서야 그때 일이 기억났다. 엄마는 나를 데리고 벌집이 있는 산에 가곤 했다. 애를 맡길 곳이 없으니 어쩔 수 없는 선택이었을 것이다. 엄마는 수십 개의 벌집에서 조금 떨어진 곳에 자리를 깔아 놓았다. 나는 그곳에서 온종일 그림을 그리거나 까무룩 잠이 들거나 책을 읽곤 했다.

그날도 그렇게 뒹굴다 잠이 들었다. 엄마의 비명이 들려 눈을 번쩍 떴다. 벌들이 누워 있는 내 몸을 덮고 있었다. 무섭거나 놀라기보다는 이상하게 따뜻하고 편안했다. 왠지 벌이 날 해치지 않을 거라는 걸 알았다. 엄마의 야단스러운 소리도, 새소리도, 바람 소리도 들리지 않았다. 온전히 벌들의 소리만 들렸다. 진동과 소리는 내 몸 가득 울렸다. 엄마가 윗옷을 가져와 벌들을 자극하지 않았다면 종일이고 그렇게 누워 있었을 것이다.

나는 눈을 비비며 천천히 일어섰다. 엄마는 그런 나를 해나와 비슷한 눈으로 바라보았다. 엄마가 나를 부둥켜안았다. 몸 구석구석을 살피는 것도 잊지 않았다. 나는 두렵지 않았다. 아니, 가장 안전하게 보호받으며 잠을 잔 것 같았다. 그렇게 나는 벌과 처음 만났다. 그런데 지금까지 그 기억을 잊고 있었다. 처음을 잊으니 없는 일이 되었다.

해나가 그때의 일을 물었지만 제대로 대답할 수 없었다. 엄마는 그 일을 아버지한테 절대로 얘기하지 말라고 했다. 그 말을 할 때 엄마 표정이 얼마나 무서웠는지, 어렸지만 절대로 입 밖으로 내뱉으면 안 된다는 걸 알았다.

"너는 왜 그렇게 궁금한 게 많은 거야?"

해나의 관심이 부담스러워 이번에는 내가 물었다.

"아, 그랬나? 좋아! 너도 질문해 봐. 뭐든지 대답해 줄게."

막상 대놓고 질문을 하라니 말문이 막혔다. 괜히 뻘쭘해서 얼른 뒤돌아 카페로 향했다.

"궁금한 게 있으면 얼른 물어보라고. 언제나 대답해 주는 거 아니거든!"

해나가 내 뒤통수에 대고 소리쳤다.

아픈 것도 선택할 수 있다면

서울에 온 지 보름이 넘었다. 진우 삼촌은 생각보다 바빴고 해나는 생각보다 한가했다. 우리는 대부분의 시간을 Honey에서 보냈다.

나는 조금씩 보령에서의 시간을 지우고 있었다. 애써 생각하지 않으려 했다. 죽을 것 같았던 일도 시간이 지나자 아무 일이 아닌 것처럼 잊혀지고 있었다.

바뀐 휴대폰으로 주호한테 두 번의 전화와 한 번의 문자 메시지가 왔다. 번호를 어떻게 알아냈는지는 묻지 않았다. 주호가 번호를 알고 있다면 희철이도 알고 있을 터였다. 하지만 아무 연락이 없었다. 나 같은 괴물과는 더 이상 얽히고 싶지 않아서 그런 건지도 모르겠다. 주호의 마지막 전화는 일부러 받지 않았다. 녀석들이 가끔 생각났고 보고 싶기도 했다. 노란 햇살이 내려앉은 것처럼 빛나던 논길을 따라 자전거를 타면 바람은 노란빛보다 더 따뜻하게 느껴졌다. 이곳의 바람과는 냄새도, 세기도 달랐다. 그런데도 난 모든 걸 지우고 싶었다. 보령의 시간을 내 인생에서 지울 수만 있다면 얼마든지 대가를 치를 수 있었다.

매일 같은 시각에 일어나 출근을 했고 비슷한 시각에 해나가 만들어 주는 자몽주스를 마셨다. Honey에서 파는 원두의 종류가 다섯 가지나 된다는 걸 알았고, 꿀몽 커피가 주력 상품이란 것도 알았다. 그리고 오늘 처음 도시 양봉 수업하는 걸 보았다. 열두 명의 사람들은 모습도, 성별도, 직업도 제각각이었다.

나는 해나가 만들어 준 아이스커피 여섯 잔과 자몽주스 한 잔, 꿀몽 커피 두 잔, 오렌지주스 한 잔과 생수를 여러 번에 걸쳐 수업하는 교실로 날랐다. 삼촌은 빔에서 쏘아 올린 영상을 가리키며 그림을 설명하고 있었다. 꽤 전문가적인 포스가 느껴졌다.

사실 삼촌은 장사를 잘하는 편이 아니었다. 장사는 오히려 알바생인 해나가 잘했다. 친절한 알바생은 아니었다. 과하게 베푸는 친절이 손님에게도 부담이 된다는 걸 본능적으로 아는 것 같았다. 그래도 유리문 너머에서 수업을 하는 진우 삼촌은 꽤 유능해 보였다. 갑자기 야외에서 벌을 다룰 때 삼촌이 어떨지 궁금했다. 보령에서는 한 번도 삼촌과 그 일행을 따라나선 적이 없어서 벌을 대할 때 어땠는지 기억나지 않았다.

"이쪽은 사람이 바라본 풍경이고요, 이쪽은 벌이 꽃을 보았을 때의 풍경입니다. 차이가 나죠?"

삼촌이 띄운 화면을 바라보았다. 두 개의 그림 중 한 개는 평범한 꽃밭이 있는 사진이었고 나머지 한 개는 똑같은 풍경을 모자이크한 사진이었다. 벌은 각각의 낱눈을 통해 보기 때문에 꽃이 모자이크된 화면처럼 보인다고 했다.

삼촌이 말한 걸 노트에 적거나 사진을 찍는 이도 있었다. 그때 한 남자가 손을 번쩍 들었다. 필기 대신 사진을 찍은 이였다.

"선생님, 꽃 말고 건물도 저리 보입니까?"

"마찬가지입니다. 벌들은 꽃의 길을 알아요. 꽃의 말을 알아듣지요. 벌들의 내비게이션은 사람의 내비게이션과 다른 방법으로 작동되니까요."

"우리 집이 3층짜리 단독 빌라인데 붉은 벽돌로 지은 옛날 건물이에요. 옥상에서 양봉을 할까 하는데 세입자들이 싫어할 것 같아요. 지금도 건물을 덮고 있는 담쟁이덩굴 때문에 민원이 들어오거든요. 하지만 전 덩굴을 치울 생각이 없어요. 아버지가 재개발 광풍이 불 때도 지켜 낸 거라서요. 벌이 좋아할까요?"

"그런 환경이라면 더할 나위 없을 것 같습니다. 댁이 어디세요?"

"정릉입니다. 2000년대 재개발 광풍이 불 때도 그거 지키느라 아버지가 고생 좀 하셨죠. 하하하……."

남자가 호탕하게 웃어 댔다. 자기 집의 역사가 꽤 자랑스러운 모양이었다.

"정……릉이요, 정릉 어디신가요……? 아닙니다, 어딘지 궁금하지 않습니다……. 궁금하지 않아요."

야단스럽게 웃어 대는 남자와 달리, 삼촌은 그 상황이 당황스러운 모양이었다.

남자는 자신이 사는 집에 대해서 장황하게 설명했다. 사람들의 반응은 나쁘지 않았다. 언제부터 살았냐, 근처에 산이 있느냐, 심지어 정릉에 잠시 살았다는 이도 등장했다. 주위의 호들갑에 비하면 삼촌은 유난히 말이 없었다. 그들과는 다른 공간에 있는 것처럼 자신만의 생각에 빠져 있었다. 잠시 후 사람들이 진우 삼촌을 바라보았다. 이어서 수업을 해야 하는데 삼촌이 꼼짝도 하지 않았다. 마치 정신이 나간 사람 같았다.

"수업 안 하는교?"

누군가 사투리로 물었다.

"샘!"

"자, 잠시, 쉬었다 하죠……."

삼촌이 서둘러 강의실을 빠져나갔다. 무언가가 삼촌을 난처하게 만든 느낌이었다. 수업이 시작되고 이십여 분이 지난 터라 모두 의아해했다. 남자는 자신이 무엇을 잘못한 건지 고민스러운 표정이었다.

나는 밖으로 나와 쟁반을 테이블 위에 올려놓았다. 삼촌이 막 카페 밖으로 나갔다.

"무슨 일 있었어? 사장님 얼굴이 하얗게 질려서 나가더라?"

"몰라……."

나는 고개를 젓고 해나에게 물었다.

"양봉하는 데 저런 수업이 필요해?"

"저런 수업이라니?"

"벌들에게 꽃이 어떻게 보이는지 화면을 통해서 알려 주더라. 신기했어. 한 번도 생각해 보지 않았거든."

"사람들은 실제로 벌어진 일보다 이론을 좋아하잖아."

"그게 나쁜 건 아니잖아?"

"나쁜 건 아니지만 쓸데없을 때도 있지."

"넌 이 수업이 쓸데없다고 생각하는 거야?"

"맨 뒤에 앉은 머리 묶은 아저씨 보여?"

해나가 유리 벽 너머 강의실을 쳐다보며 물었다.

"응."

"저 아저씨는 대기업에서 부장까지 하다가 그만뒀대. 양봉을 하려고 말이야. 그게 말이 된다고 생각해?"

"그래? 근데 내가 아는 아저씨도 식당 하다가 양봉을 했어."

"야! 대기업이랑 식당이랑 같냐?"

"뭐가 다른데?"

"양봉을 하겠다고 안정된 직장을 차 버리는 사람은 없다는 거지. 안 되는 식당을 차 버리고 양봉을 하는 사람은 있어도 말이야."

"안정된 직장이라고 단정적으로 말하는 이유가 뭐야? 대기업이면 다 안정적이라고 일반화시키는 거야, 뭐야?"

"일정 부분 인정! 그렇다면 한번 상상해 보자. 저 사람은 양봉을 하려고 회사를 그만둔 게 아니라 회사에서 잘리고 나서 이 일 저 일 해보다가 이걸 선택한 거라고. 그렇다면 왜 저렇게 말하는 걸까? 사람들이 진짜 이야기보다 지어낸 이야기에 더 감동한다는 걸 아는 거지. 영리하다고 할 수도 있지만 어떻게 말해야 자기한테 유리한지 오랜 직장 생활로 터득했을 거야. 다세대 주택을 가지고 있는 저 아저씨도 마찬가지고. 자기 건물을 자랑하고 싶어서 오는 거라고."

"어쨌든 거짓말은 아니잖아."

"거짓말은 아니지만 각색은 한 거지."

"각색?"

"그럴듯하게 포장하는 거 말이야. 있는 그대로를 다 보여 주는 인간은 드물거든."

"아……."

왠지 해나 말이 맞는 것 같아 나도 모르게 고개를 주억거렸다.

누군가는 학생이고, 누군가는 자신의 집 옥상에 벌을 키워 보겠다고 온 사람이었다. 만화를 그리는 데 도움이 될까 하고 찾아온 이도 있었고, 장사를 하다가 양봉으로 전업을 준비하기 위해서 찾아온 이도 있었다. 이곳을 찾은 이유는 저마다 다르지만, 대부분은 자연을 사랑하는 마음이 컸다. 그 자연을 지키는 일 중 하나가 벌을 지키는 것이라는 사명감 같은 걸 갖고 있다고나 할까.

벌을 키우는 일이 사명감만으로는 해결되지 않는, 극한 노동이라는 사실을 진작에 알았다면 사람들은 어쩌면 이곳에 오지 않았을지도 모른다. 벌이 죽으면 지구가 멸망한다고 수선을 피우며 단 한 마리의 벌이라도 키워야겠다는 사람들, 마치 지구의 운명을 짊어지고 온 듯한 그들의 선의는 고단한 노동 앞에서 금세 무력해지는 법이다. 그럼에도 도시의 옥상에, 마당에, 그림에, 자신의 가슴에 벌을 키우려는 이들의 바람은 어느 정도 진심 같았다.

삼촌은 야외 정원에 있는 벌통 앞에서 한참을 서성였다. 쉬는 시간 치고는 꽤 길었다.

다음 날, 해나가 입술에 피어싱을 하고 나타났다. 입 주위가 시퍼렇게 멍이 들어 있었다. 입술 아래에 박힌 은색 장신구와 입 주위의 멍이 묘하게 어울렸다. 마치 푸른 밤에 뜬 달처럼 은색 장신구가 은은하게 빛났다. 멋지다는 생각은 아주 잠깐이었다. 해나가 주스나 물을 마실 때마다 저 구멍으로 액체가 흘러나오는 건 아닌지 자꾸 상상이 되었다.

"어때? 멋지지 않냐?"

해나는 휴대폰 거울로 연신 얼굴을 들여다보았다. 피어싱을 할 때마다 피부가 약해서 멍이 든다며 투덜대기도 했다.

"……."

"어떠냐니깐?"

"멋져."

귀찮아서 건성으로 대답했는데 해나가 얼굴을 확 들이밀었다.

"진심?"

깜짝 놀라 뒤로 물러서며 고개를 끄덕였다.

"치! 거짓말. 그냥 대답해 준 거 알아. 그래도 나쁘진 않네."

"그런 걸 왜 자꾸 하는 거야?"

"멋있잖아. 강해 보이고."

"강해 보인다고? 그게?"

"자기 살을 뚫는 것도 참아 낼 수 있다면 더한 것도 할 수 있지 않을까?"

"그거 다 마취 약 바르고 하지 않나?"

"오호! 뭘 좀 아는데? 시시하게 나는 마취 같은 거 안 하거든?"

"마취도 안 하고 살에 구멍을 뚫는다고?"

깜짝 놀라 물었더니 해나가 마구 웃어 젖혔다.

"농담이야, 농담! 설마 내가 마취도 안 하고 생살을 뚫겠냐? 하여튼 순진하기는……."

해나는 다른 날보다 거울을 자주 보았다.

"오늘은 일을 안 하려고 작정한 거야?"

"김연우, 오후에는 너 혼자 일할 수 있지?"

"왜?"

"안 나오려다 불안해서 나온 거야. 순전히 너 때문에."

"나 때문에? 무슨 일 있어? 사장님한테 쉰다고 얘기한 거야? 난 못 들었는데……."

"아니. 무단결근하려다 순진한 친구 걱정에 오지랖을 좀 떤 거지. 그런데 사장님 오기 전에 가야 해."

"왜?"

"그게……."

그때 카페 출입문이 열리며 진우 삼촌이 들어왔다. 당황한 건 나보다 해나였다. 삼촌이 온다고 했던 시간보다 일찍 들어와서 오히려 나는 반가웠다.

해나는 삼촌을 보자마자 얼굴을 숙이고는 부리나케 가방을 챙겨 도망치듯 나가려 했다.

"잠깐만!"

해나의 발보다 삼촌의 손이 더 빨랐다.

"저, 빨리 가야 돼요."

해나가 삼촌의 손을 뿌리쳤다.

"가만있어 보라니까!"

삼촌은 억지로 해나를 붙잡은 채 얼굴을 뚫어져라 쳐다봤다. 새로 한 피어싱을 보는 것 같았다.

"또 그랬어?"

"팔 좀 놓고 말해요."

"아니, 나랑 얘기하고 가."

삼촌이 얼굴을 굳히며 해나를 데리고 강의실로 들어갔다.

진우 삼촌이 무엇인가를 묻는 것 같았고 해나는 시큰둥한 모습으로 듣고만 있었다. 어쩐 일인지 삼촌은 단단히 화가 나 있었다. 한참을 얘기하더니 휴대폰을 꺼내 들었다.

그때였다. 해나가 무지막지하게 소리를 질렀다. 거의 비명에 가까웠다.

"하지 마! 하지 말라고!"

해나가 삼촌에게 악을 쓰듯 소리쳤다.

삼촌이 해나에게 뭐라고 말하는 것 같았지만 거의 들리지 않았다.

"무슨 상관이야! 무슨 상관이냐고!"

해나가 머리를 세게 흔들었다.

나는 유리문 안으로 뛰어 들어가고 싶었지만 꼼짝도 할 수가 없었다. 손이 바들바들 떨리면서 멀미가 나는 것처럼 속이 울렁거렸다. 다리에 힘이 풀려 다급하게 손으로 의자 등받이를 짚었다.

진우 삼촌이 피어싱에 대해서 무엇인가를 말하는 것 같았다. 해나의 피어싱이 삼촌을 화나게 만든 걸까? 그렇다 해도 이런 상황은 이해하기 어려웠다. 내가 알 수 없는 둘만의 사정이 있다 해도. 사장과 알바 사이에 피어싱이 이토록 격렬한 다툼의 원인이 된다니?

솔직히 말하면 굳이 알고 싶지는 않았다. 참견은 더더욱 싫었다. 그럼에도 마음 한쪽이 무거웠다.

삼촌은 화가 많이 난 상태였다. 이를 악물어 단단히 조인 턱, 깊게 파인 미간의 주름, 뾰족한 눈매가 얼마나 감정을 억누르고 있는지 고스란히 말해 주고 있었다. 묵직한 뭔가가 몸을 내리누르는 듯한 압박감이 느껴졌다. 가슴이 꽉 조였다. 숨이 잘 쉬어지지 않았다. 이런 내가 무지 싫었다. 이럴 때마다 어린아이처럼 숨이 차올랐다.

한참 동안 실랑이를 하던 삼촌이 유리문을 밀고 나오며 욕을 내뱉었다.

"나쁜 새끼!"

삼촌이 밖으로 나가자 해나가 바닥에 주저앉았다. 그러고는 아이처럼 울기 시작했다. 화장이 번져 검은 눈물이 볼을 타고 흘러내렸다.

우는 여자를 어떻게 달래야 하는지 모르겠다.

우는 엄마를 어떻게 달래야 하는지 몰랐던 것처럼.

아버지한테 벌을 받을 때마다 우리는 울었다. 누구를 위한 눈물이었을까? 적어도 나를 위한 건 아니었다. 아버지가 우리에게 주는 벌은 점점 공포가 되었다. 어떤 행동을 하기 전에 아버지의 표정, 눈빛, 분위기를 먼저 감지해야 했다. 그것이 벌이 되어 우리에게 되돌아올 수도 있다는 걸 항상 염려했다. 내가 클수록 아버지가 내리는 벌의 크기 또한 크고 무거워졌다. 내가 자라는 속도와 비례했다.

어느 순간 나는 우는 걸 멈추었다. 각자의 눈물에 급급한 나머지 서로의 눈물을 훔쳐 줄 수 없다는 걸 알았기 때문이다. 그 후로 엄마와 나는 서로의 눈물에 관여하지 않았다.

내가 울지 않자 아버지는 점점 더 화를 냈다. 엄마는 몹시 불안해했다. 대개의 폭력은 이유를 동반하기 마련인데 아버지의 폭력엔 이유가 없었다. 이유가 없는 폭력에 나는 점점 익숙해져 갔다. 그러던 어느 날 엄마가 떠났다. 차라리 잘됐다고 생각했던 것 같다. 적어도 같이 맞아 죽지는 않을 테니까.

나는 해나가 좋아하는 커피를 내리며 가만히 기다렸다. 잠시 후 해나가 휴지로 눈가를 닦으며 밖으로 나왔다. 가방에서 거울을 꺼내 번진 화장을 고쳤다. 나는 말없이 커피를 내밀었다. 향을 맡으라고 준 건데, 오늘은 웬일인지 커피를 홀짝였다. 좀 전의 격렬한 반응과는 다르게 행동이 사뭇 담담했다.

"사장님은?"

해나가 거울을 보며 물었다.

"밖으로 나갔어."

"휴, 살았다……."

그러고는 고개를 들어 카페 밖 옥상을 바라보았다.

"미안해……."

해나의 눈물을 모른 척한 걸 사과해야 할 것 같았다. 그땐 못 했지만 지금은 해야 할 나이라고 생각했다. 그러니까 엄마는 너무 이르게 내 곁을 떠났다. 지금이라면 엄마의 눈물을 훔쳐 주었을지도 모르는데.

"뭐가? 네가 왜 미안해?"

"그냥……."

"그럴 거 없어. 가끔 보게 될 거야. 나도 살려고 이러는 거거든."

"피어싱하는 걸 사장님이 싫어해? 뭔가 이상해."

"아, 설명하려면 길어. 그렇게 단순하지 않아. 피어싱 때문에 이러는 거 아니거든."

"그럼 뭔데?"

"묻지 마. 지금은 말하기 싫어."

해나는 다시 세심하게 눈 화장을 했다. 점점 더 선명하고 진한 눈이 되었다.

진우 삼촌과 해나 사이에 비밀이 있는 건 분명했다. 뭐가 되었든 나랑은 상관없었다. 너무 깊이 그들 속으로 들어가고 싶진 않았다. 어느 땐 적당한 거리가 살아남을 수 있는 방법이 되곤 한다. 거리를 무시하고 깊이 들어가다 보면 가장 먼저 상처를 받게 된다.

손님 두 명이 카페 안으로 들어왔다. 해나가 주문을 받았다. 아주 해맑은 모습으로. 손님들은 주문한 음료를 등나무가 있는 자리로 가져다 달라고 말했다.

나는 음료를 손님에게 주고 와서 거울을 보고 있는 해나를 멀뚱멀뚱 바라보았다. 해나는 입술 밑에 매달린 은색 장신구를 살펴보고 있었다.

벌써 일곱 개째 피어싱이다. 물론 보이는 것만 그렇다. 해나는 신체 일부를 뚫고 매달린 장신구를 보면 희열이 느껴진다고 했다. 마치 자신의 또 다른 무엇이 생기는 것 같다나? 하지만 그 장신구들이 아무리 근사하고 멋져도 온전히 해나의 일부가 될 수는 없었다. 부작용으로 살이 무르고 고름이 차기도 한다. 해나의 바람과는 다르게 그것들은 결코 일부가 되지 못한 채 영원히 이질감을 뜻하고 있는 것인지도 모르겠다.

"너, 피어싱하는 거 집에서 뭐라고 안 해?"

학교까지 그만둔 마당에 피어싱이 별 대수냐 싶었지만 해나를 보면 이해할 수 없는 부분이 많았다. 이런저런 얘기를 듣다 보면 제대로 된 집구석에서 자란 아이인 듯싶기도 했다. 돈을 꼭 벌어야 할 만큼 사는 게 힘든 것 같지도 않았다. 가끔 재수 없다고 말하면서 은근슬쩍 부모님 이야기를 했다. 서울에서 태어나고 자랐다면서 친구가 단 한 명도 없다는 게 이상했다. 해나가 가는 곳이라고는 이 카페와 피어싱 가게가 전부인 듯했다.

"집?"

해나가 되물었다. 오히려 당황한 건 나였다. 다른 사람도 아니고 내

입으로 가족이나 집 같은 걸 묻다니……. 제정신이 아니었다. 아니면 그새 내가 살았던 집이 어땠는지 잊은 건지도 모르겠다.

"하긴 내가 이상한 걸 물었네. 근데 안 아프냐?"

"아파서 하는 거야."

"아파서? 아프면 안 하면 되잖아."

나는 해나가 무슨 말을 하는지 도무지 알 수가 없었다.

"그래서 하는 거야. 이게 더 아픈 걸 덜 아프게 해 주니까."

해나의 말은 들으면 들을수록 더 헷갈렸다.

아픈 것도 선택할 수 있다는 듯이 들렸다. 헷갈리긴 했지만 선택이라면 나도 조금은 알고 있다. 언제부턴지 모르겠지만 맞을 때마다 그나마 고통이 덜 느껴지는 곳을 들이댔다. 일부러 그런 게 아니고 본능이었다. 살고 싶다는 본능, 살아야겠다는 본능이 나를 움직이게 했다. 왜 살고 싶었던 것일까?

이 질문은 '왜 맞아야 하는 걸까?'보다 우선했다. 나는 늘 궁금했다. 내가 왜 맞아야 하는지가 아니라 어째서 이런 폭력 안에서 살고 있는지 그게 더 궁금했다. 왜 도망치지 않은 건지, 왜 아버지에게 반항하지 못하는 건지……. 그러나 그건 올바른 질문이 아니었다. 아버지가 내게 내린 벌은 내가 기억하기 이전부터 시작되었다. 긴 세월 동안 나와 함께 자랐다. 그러니까 벌을 받는 건 마땅하고 당연한 거였다.

"잘못했으니까 벌을 받아야지."

아버지가 늘 하던 이 말처럼.

그날 밤 진우 삼촌은 다른 날보다 늦게 들어왔다. 술에 취했는지 모든 소리가 컸다. 방문을 여닫는 소리며 냉장고 문을 여는 소리, 컵을 개수대에 놓는 소리조차 평소보다 크게 들렸다. 한숨을 쉬고 뭐라고 중얼거리는 소리도 들렸다.

나는 잔뜩 숨을 죽이고 이불을 뒤집어썼다.

가슴이 뛰기 시작했다.

익숙한 떨림, 잊고 싶었던 두근거림, 벗어날 수 없는 두려움.

나는 보령을 잊은 게 아니었다.

젖과 꿀이 흐르는 땅

두 명의 남자가 삼십 분 전부터 나를 힐끔거렸다. 그 일 이후, 나는 사람들이 두려웠다. 아버지가 처참하게 죽은 현장에서 혼자만 살아남은 아이를 사람들은 뭐라고 말할까?

불쌍한 아이, 혹은 괴물 같은 아이.

그렇게 나의 평범함은 사라졌다.

낯선 사람들이 번갈아 가며 내게 질문했다. 누구도 관심 없던 내 성장담이 이제 와서 왜 궁금한 걸까? 털어놓고 싶지 않은데 집요하게 말하라고 한다. 지루한 만남들, 질문들, 검사들. 나는 그 땅에서 도망치고 싶었다.

그때 만났던 사람 중 하나일 수도 있다. 아니면 아버지를 알고 있는 사람일지도 모른다. 아버지가 죽자 몇몇 사람이 나를 찾아왔다. 걱정이 돼서 찾아오기도 했지만 호기심으로 찾아온 사람도 있었다. 심지어 신문 기사를 보고 무작정 들이닥친 사람도 있었다. 여기까지 쫓아올 정도라면 내게 무엇인가를 단단히 묻고 싶은 사람일 것이다.

그런데 무엇을 묻고 싶은 걸까?

모든 질문은 결국 하나였다. 성장담이고 나발이고, 내가 궁금하거나 그 상황이 궁금한 게 아니었다. '내가 아버지를 죽였냐'는 것이었다.

누군가 벌통을 건드려 아버지를 죽였을지도 모른다는 소문이 떠도는 걸 나도 들었다. 그 누군가가 바로 나인 것이다. 나도 궁금하다. 아버지 그림자만 봐도 벌벌 떨었던 내가 과연 그럴 수 있는지.

"아는 사람이야?"

해나가 속삭였다. 그들의 눈빛을 진즉에 눈치챈 것 같았다.

해나는 평일이 아닌 주말에도 Honey에 왔다. 진우 삼촌을 어떻게 설득했는지 모르겠지만 싸운 뒤에 해나의 출입이 훨씬 더 자유로워졌다. 내가 온 후 해나가 달라졌다는 소리도 들었다. 웃기는 소리였다. 나로 인해 누군가 바뀐다는 건 있을 수 없는 일이었다. 나 자신도 바꾸지 못해서 쩔쩔매는데 가당키나 한 일인가.

"나를 알긴 아는 것 같아."

해나에게 작은 소리로 대꾸했다.

"넌?"

나는 고개를 저었다.

"전혀?"

이번에는 고개를 끄덕였다. 그러자 해나가 바로 그들에게 다가갔다. 미리 알았다면 말렸겠지만 전혀 생각지도 못한 행동이었다.

"아저씨, 쟤 알아요?"

해나가 손을 들어 나를 가리켰다.

"어?"

두 명의 남자는 당황스런 표정을 지었다. 그중 한 명이 서둘러 고개를 끄덕였다.

"아냐고요! 왜 자꾸 쳐다봐요? 기분 나쁘게!"

그러자 한 남자가 마지못해 대답했다.

"저 애가 김연우 맞지? 여기로 와 달라고 말해 줄래?"

"아저씨가 직접 말해요."

해나와 두 명의 남자가 동시에 나를 바라보았다.

가슴이 뛰었다. 그곳을 기억하는 이들을 대면할 때면 언제나 그랬다. 그 일을 기억하는 사람 앞에서는 주눅이 들었다. 간혹, 죄란 짓는 게 아니라 만들어지는 것일지도 모른다고 생각했다. 나는 번번이 내 죄로 인한 벌을 달게 받지 못했다는 생각에 불안했다. 저 사람들이 가져온 질문은 내 불안의 양식이 될 것이다. 나에게 질문하는 사람들은 답을 정해 놓고 온다. 이를테면 이런 것들이다.

'넌 어디에 서 있었지?'

'그때 어떻게 행동했니?'

'아버지가 너한테 무슨 말을 했지?'

'넌 뭐라고 대답했니?'

'정말이니? 거짓말 마. 답은 하나야!'

나는 사람들 앞에서 늘 심판을 받았다. 도망칠수록 그 죄는 점점 커졌다. 그리고 더 분명해졌다.

지금은 도망칠 데가 없다.

나는 주방을 나와서 그들에게 다가갔다.

"김연우 맞지? 잠깐 시간 좀 내 줄래?"

안경을 쓴 남자는 나이가 좀 더 들어 보였다. 목소리가 자못 부드러웠다.

"주문부터 하세요."

해나가 끼어들었다.

젊은 남자가 아이스커피 두 잔을 주문했다. 해나가 주방으로 가자 안경 쓴 남자가 맞은편에 앉으라고 하면서 말문을 열었다.

"우리, 이상한 사람 아니야. 몇 가지 물어볼 게 있어서 찾아온 거야."

"너 찾느냐고 고생 좀 했다."

젊은 남자는 마치 날 탓하는 것처럼 말했다.

"여기가 보령보다 편하겠지."

나이 든 남자가 젊은 남자에게 눈치를 주었다.

"누구세요?"

"우리, 기억 안 나? 너, 병원에 있을 때 한 번 찾아갔는데."

"그걸 어떻게 기억해요."

"아, 그렇지. 그땐 네가 정신이 없었지. 우린 보령 경찰서에서 나왔어."

"경찰서요?"

그러고 보니 나이 든 남자의 얼굴이 낯익다는 생각이 들었다. 아니, 너무 흔한 얼굴이라 그렇게 보이는 건지도 모른다. 지금은 나의 기억을 믿을 수가 없다.

"경찰이에요? 영화에서 보면 배지 같은 거 보여 주던데?"

해나가 아이스커피를 테이블 위에 올려놓으면서 말했다.

"아, 그렇지."

젊은 남자가 신분증을 꺼내서 우리에게 내밀었다. 해나가 그 신분증을 낚아채듯이 집어 꼼꼼히 살피더니 내게도 보라는 듯이 내밀었다. 경찰 마크가 있는 신분증이었다.

"그런데요?"

해나가 물었다.

"넌 주방으로 가 있어. 이건 내 일이야."

역시 보령에서 온 이들이었다. 내 짐작이 맞았다. 하긴 서울에서 날 찾을 사람이 없긴 했다. 일가친척 하나 없는 고아랑 비슷한 신세니까.

"무슨 일 있으면 말해. 경찰이라고 쫄 거 없어."

해나는 날 보며 말했지만, 사실은 두 남자에게 하는 말이었다.

해나가 주방 쪽으로 가자 나이 든 남자가 말했다.

"많이 걱정했는데 잘 지내는 것 같아 다행이구나."

"너, 그날 죽다 살았어. 우리가 빨리 가지 않았으면 진짜로 어떻게 되었을지도 몰라. 기억 안 나?"

젊은 남자가 거들었다.

내가 아무 대꾸도 하지 않자 젊은 남자가 민망한 표정을 지었다.

“그래그래, 어차피 지난 일 다 잊어야지. 그런데 말이야, 이거 하나는 말해 줄 수 있지 않을까?”

“뭔데요?”

“혹시 그날 말이야, 엄마를 보지 않았니?”

“엄마요?”

“그래, 엄마 이름이 이진숙 씨 맞지?”

“네, 그런데 엄마는 왜요?”

“그날 엄마가 왔지?”

“그날……, 아니요.”

잠시 머뭇거리다 대답을 하자 나이 든 남자가 말했다.

“단기 기억 상실증이라고 하던데 그건 분명하게 기억하고 있네.”

“엄마가 왔다면 기억했겠죠. 다른 사람도 아니고 엄만데.”

너무 빠르게 대답한 것 같았다.

“아빠가 죽던 순간을 기억하지 못하는데 몇 년 전에 집을 나간 엄마가 왔다면 단번에 기억할 수 있단 말이지? 엄마를 많이 좋아했구나?”

나이 든 남자가 입가에 미소를 살짝 지었다. 낮고 부드러운 목소리로 말해서 그런지 노련한 여우 같았다.

“…….”

“그날 네 엄마를 봤다는 사람이 있어. 그 자리에 있었던 거지. 기억나지 않니?”

젊은 남자가 다시 물었다. 나이 든 남자는 나를 바라보기만 했다.

“그곳에 엄마가 있었다고요? 지금 장난해요?”

깜짝 놀라 되묻자 두 사람이 눈을 맞추었다. 아주 짧은 순간 그들만의 대화를 나누었다.

"됐거든요. 엄마를 봤는데 제가 어떻게 모를 수가 있어요? 엄마가 왔다가 그냥 갔다고요? 그 상황에서 그냥 갔다는 게 말이 돼요?"

"거기에 네 엄마가 있었다고 말한 사람이 있어."

젊은 남자가 나에게 얼굴을 바싹 들이대며 속삭였다.

"그게 누군데요?"

"그건 알 거 없고, 현장 조사 중에 중요한 사실이 드러났어. 벌장을 감시하는 CCTV에 누군가 벌집을 건드려서 네 아버지를 공격하게 만든 정황이 나왔거든. 물론 그놈의 벌 떼 때문에 확실한 건 아니지만. 어쨌든…… 우연한 사고가 아니라 누군가 일부러 그랬을 수도 있다는 거지. 일단 단순 사고가 아니라는 건 드러난 셈이야. 전문가들도 현장 조사를 하더니 이상한 게 한둘이 아니라고 말했거든."

"그럼 살인 사건이라는 거예요?"

"누군가 일부러 그랬다면 살인 사건이지."

"그 누군가가 저예요, 아니면 엄마예요?"

"아니, 꼭 그렇다는 건 아니고 너와 네 엄마가 목격자니까……."

"목격자요? 목격자가 아니면요?"

"너무 흥분하지 말고 잘 생각해 봐. 너나 네 엄마를 위해서 기억이 돌아왔으면 해서 하는 소리야."

"정말 좆같네……."

나도 모르게 욕이 나왔다.

제길, 인생은 역시 변하지 않는다. 한 방에 바뀌는 게 가능한 일인가. 이곳에 온 후로 가끔 착각을 했다. 내 인생이 변했다고 말이다.

지금껏 단 한 번도 아버지가 없는 삶을 상상해 본 적이 없었는데, 어쩌면 아버지가 없는 삶이 가능할지도 모른다는 생각이 들었다. 문득 고개를 들 때, 설거지를 하다가도, 집으로 돌아가는 길에서도 불현듯이 더 이상 불안과 마주하지 않는 나를 깨닫곤 했다. 그럴 때면 나도 모르게 깊은 숨을 들이쉬었다. 그 순간을 모조리 내 안에 담으려는 듯.

그런데 순식간에 사라져 버렸다. 아버지는 죽어서도 나를 놓아주지 않고 있었다. 여러 번 반복해서 꾸었던 꿈이 기억났다. 꿈은 어디까지 사실일까? 꿈에 나온 엄마가 현실에서도 있었다니, 아무리 기억의 구석구석을 뒤져 봐도 생각나는 게 없었다.

현실은 언제나 꿈보다 잔인했다. 남과 다른 아버지에 남과 다른 엄마가 있었다. 남과 다른 환경 때문에 전학을 자주 해야 했다. 그래서 늘 혼자였다. 어디를 가든지 내게는 젖과 꿀이 흐르는 땅이 아니었다. 그런데 아버지는 보령을 젖과 꿀이 흐르는 땅이라고 종종 말했다.

꽤 잘나가는 건설 회사의 하청 업체에 다니던 아버지가 회사를 그만둔 것은 원청인 건설 회사와의 소송에서 패하고 나서였다. 용역 쪽 일을 했던 아버지에게 책임을 물으면서 막대한 벌금과 실형이 주어졌다. 그 후 몇 번인가 사업을 했지만 번번이 재기하지 못했다. 그런 아버지에게 보령은 기회의 땅이었을지도 모른다. 아버지 말대로 벌들은 젖과 꿀을 주었다. 순전히 일벌과 꼭 닮은 엄마의 노력 덕분이었다. 엄마는 제 살을 깎아 벌을 키웠다. 그런 엄마가 모든 걸 버리고 떠난 것이다. 그렇다면 다시는 돌아오지 말았어야 한다. 이들은 무슨 근거로 엄마가 그곳에 있었다고 말하는 것일까? 대체 누가 본 것일까?

두 남자는 내게 답을 주지 않고 떠나 버렸다. 진우 삼촌이 달려온 건 그들이 간 직후였다. 삼촌은 어딘가에 전화를 걸어서 불같이 화를 냈다. 보호자 허락도 없이 미성년자인 나를 취조한 거라면서 고소를 하겠다고 소리쳤다. 연락처를 남기고 담당 형사의 전화번호를 받는 것 같았다. 그래도 분이 풀리지 않았는지 내게도 불똥이 튀었다.

"너는 그런 일이 있으면 나한테 먼저 전화를 했어야지."

"그래서 했잖아요."

해나가 끼어들었다.

"다 가고 나서 전화해 놓고는 뭘 잘했다는 거야?"

"전화했는데 삼촌이, 아니 사장님이 늦게 온 거예요."

"그 사람들이 뭐래? 마구 다그치지는 않았어?"

내가 뭐라고 대꾸하기도 전에 해나가 중얼거렸다.

"누가 보면 연우가 진짜 조카인 줄 알겠네……."

"너나 연우나 나한텐 똑같다고 말했잖아."

진우 삼촌이 어이없다는 듯한 표정으로 주방으로 가는 해나의 뒷모습을 바라봤다. 삼촌이 큰 소리를 내든 길길이 날뛰든 해나는 여유로운 모습이었다. 작은 소리로 흥얼거리며 주방을 정리했다. 삼촌도 뒤늦은 잔소리가 쓸데없다는 것을 눈치챘는지 머쓱한 표정을 지었다.

해나의 농담이나 장난기는 언제나 그렇듯 이곳을 달달하게 만들었다. 사람은 공간을 만들고 공간은 실체 같은 존재가 되기도 한다. 해나가 이곳에서 얻은 게 무엇인지 모르겠지만 나는 종종 단내를 맡았다. 꿀이 담긴 용기 안에서 났던 향기가 불현듯 느껴질 때면 이상하리만치 심장이 두근댄다. 마치 살아 있는 무엇이 이 공간에 머물며 나를 감싸 안는 것 같았다. 한 번도 경험하지 못했던 편안함과 달달함이 이곳에 있었다. 눈에 보이지 않으니 힘껏 들이마셔야 한다. 해나만큼 나도 이곳이 좋아지려 했다.

해나는 이곳의 모든 걸 아꼈다. 야외 정원은 물론이고 카페의 집기며 주방, 화장실까지 자기 집처럼 갈고 닦았다. 심지어 누군가 탁자를 당기거나 문을 거칠게 여닫을 때면 잔소리를 할 정도였다.

"그 아이 살살 다뤄야 해요. 그렇게 하시면 망가져요."

"꽃을 꺾으시면 안 돼요. 우리도 오래 보고 싶어요."

상대가 누구든 개의치 않았다. 해나는 하고 싶은 말을 참지 못하는 아이였다. 표현도 남달랐다. 그런 행동을 하지 말라거나 뭔가를 잘못했다고 탓하는 게 아니라, 시점을 물건에 두거나 자신에게 두어서 말하곤 했다. 그러면 상대방은 어떻게 반응해야 좋을지 난감하다는 듯한 표정을 지었다.

해나가 Honey를 사랑하는 것만큼 진우 삼촌도 그 애를 아끼는 것 같았다. 해나는 삼촌이 자기보다 나를 더 아껴서 샘이 난다고 했지만 그건 틀린 말이었다. 가끔 진우 삼촌이 내 진짜 삼촌이라고 상상해 보곤 한다. 삼촌이 특별히 좋은 사람이라서가 아니라 나를 데려온 이유를 납득하기 위해서였다.

어릴 때는 아버지가 친아버지가 아닐지도 모른다고 기대했다. 그렇지 않고서야 아버지의 폭력을 이해할 수 없었다. 나 스스로 납득할 만한 이유가 있어야 견딜 수 있을 것 같았다. 적어도 친자식이 아니라면 이 정도의 박해와 구박은 할 수도 있다는 터무니없는 이유 말이다.

엄마도 날 구원하지 못하고, 나 자신도 구원할 수 없으니 바랄 수 있는 거라곤 출생의 비밀뿐이었다. 진짜 아버지가 나타나 그 세상에서 나를 구원한다면 어떤 대가라도 치를 수 있을 것만 같았다. 나는 어리석게도 인생이 판타지라고 믿었던 모양이다.

그러니까 해나와 진우 삼촌을 보면서 이유 없는 관계도 있을 수 있으며, 누군가에게는 판타지가 아니어도 현실이 꽤 살 만한 곳일지도 모른다고 생각했다. 그래서 둘의 관계가 살짝 부럽기도 했다. 게다가 여기는 젖과 꿀이 흐르는 Honey가 아닌가. 그야말로 달콤한 꿀이 있는 Honey 말이다.

벌을 쫓는 아이

장마가 오기 전이라 그런지 날이 후덥지근했다. 나흘 연속으로 비 예보가 있었지만, 정작 올 거라는 비는 매일같이 내일로 미루어지고 있었다. 한반도 부근 상층에 차고 건조한 공기가 분포되어 장마 전선의 북상을 저지해서 그런 거라고 했다. 무슨 말인지는 모르겠지만 후끈하고 건조한 공기와 습한 기운이 내 머리 위에서 싸우고 있는 것만은 분명했다. 덕분에 도시 양봉 야외 수업이 취소되지 않았다.

몇몇 사람은 빠지고 모두 일곱 명이 왔다. 진우 삼촌은 그들을 데리고 야외 정원으로 향했다. 삼촌의 지시에 따라 캐비닛에서 방충복을 꺼내 입고, 망사를 두른 양봉 모자까지 챙겨 썼다. 사람들은 지난 두 번의 야외 수업 때문인지 꽤 능숙해 보였다. 그중에는 해나도 있었다.

사실은 삼촌이 나더러 야외 수업에 참관하라고 했다. 나는 단칼에 거절했다. 그러자 해나가 대신 참여하겠다며 고집을 부렸다. 해나에게 내심 고마웠다.

나는 벌이 두려웠다. 사람들과 함께 야외 정원에 나가지 않은 것도 그 때문이었다. 지난번에 해나가 본 걸 다른 사람들이 목격한다면 상상도 하기 싫은 일이 벌어질 것이다. 동영상이나 사진으로 찍혀 순식간에 SNS를 점령할 터였다.

어쩌다 한 번 벌어진 일은 우연이라고 쳐도 두 번, 세 번은 운명이 될 것이다. 더는 운명이라는 이름 따위로 내 인생이 특별해지는 게 싫었다.

더구나 이제는 벌이 내 몸에 붙었을 때 드는 불안감과 두려움이 말로 표현할 수 없을 정도다. 불길한 진동, 귓속에 고이다 못해 흘러넘치는 듯한 소음이 내 몸 안에 저장된 것만 같았다. 소리는 현실과 다른 세상을 넘나들면서 내 의지와는 상관없는 무언가를 동반했다. 통제가 불가능한 상황, 나의 의지인지를 의심하게 만드는 상황들이 무서웠다. 벌은 나를 점점 그런 상황으로 몰아가고 있었다. 그러니까 최선을 다해 내 인생에서 벌을 내쫓아야만 했다.

나는 카페 유리창을 통해서 그들을 바라보았다. 진우 삼촌이 훈연기를 든 채 벌집을 열었다. 훈연기에서 연기를 내뿜자 벌들이 스멀스멀 밖으로 나와 사람들 주변을 돌기 시작했다. 삼촌은 연기를 피해 벌들이 거의 다 빠져나간 소비장을 조심스럽게 들어 올렸다. 그 안에는 그간에 모아 놓은 꿀들이 육각형 모양으로 망울져 있었다. 사람들이 벌집을 보려고 가까이 모여들었다. 그들에게 벌집은 다른 행성의 무엇과 같은 거였다. 완벽한 형태 안에 빛을 닮은 꿀이 노란 햇살처럼 빛날 터였다. 그들은 매우 진지하고 경이로운 시선으로 벌집을 바라보았다.

해나가 고개를 들이밀고 소비장을 보다가 뒤돌아 내게 손을 흔들었다. 상의와 하의가 하나로 연결된 점프 슈트 방충복을 입은 모습이 꽤 귀여웠다. 나도 모르게 손을 흔들 뻔했다.

진우 삼촌이 스테인리스 후크로 조심스럽게 꿀을 긁어내 유리 용기에 받아 냈다. 뚝뚝 떨어지는 꿀을 보자 사람들이 작게 환호성을 질렀다. 신의 선물이라 했던 꿀을 영접했으니 그리 새삼스러운 모습도 아니었다. 그 환호성과 더불어 달달한 냄새가 유리를 뚫고 느껴지는 듯했다.

그때였다. 정룡 아저씨가 냉큼 장갑을 벗더니 꿀통에 손을 넣었다. 손가락으로 꿀을 찍어 보고 싶었던 모양이다. 하지만 더 빠른 동작으로 손을 빼며 소리를 질렀다. 벌이 방충복을 뚫고 안으로 들어간 걸까? 갑자기 당황하기 시작했다. 그러는 사이에 벌 몇 마리가 아저씨를 향해서 날아들었다. 아저씨가 벌을 쫓으려고 손을 마구 휘저었다.

진우 삼촌이 나서서 진정시키려 했지만 아저씨는 당황한 나머지 이미 이성을 잃은 듯했다. 다급하게 방충복을 벗으며 펄쩍펄쩍 날뛰었다. 그러면 그럴수록 벌들은 아저씨를 향해 자꾸 날아들었다. 이리저리 날뛰던 아저씨가 그만 벌집을 몸으로 밀어 자빠뜨렸다. 그 벌집에서 더 많은 벌이 쏟아지기 시작했다. 급기야 벌들이 주위를 휩싸며 날아다니자 사람들이 겁을 먹고 비명을 질러 댔다. 해나도 고개를 숙인 채 팔을 마구 휘저었다. 그때 해나의 모자가 '툭' 하고 바닥으로 떨어졌다.

동시에 벌들이 하늘로 날아오르기 시작했다. 벌들은 허공에서 크게 원을 그리며 군무를 추는 듯했다. 벌들의 군무는 일정하고 규칙적이었다. 한 방향으로 우르르 이동했다가 일제히 위로 날아올랐다. 그 모습이 흡사 물속에서 무리 지어 헤엄치는 치어 떼와 닮아 있었다. 솟구치다 곤두박질치면서 좌로 우로 정신없이 춤을 추었다.

삼촌이 흥분해서 날뛰는 정릉 아저씨를 온몸으로 안았다. 아저씨는 벗어나려고 발버둥을 쳤다.

"제발, 가만히 계세요. 제발요!"

삼촌이 외쳤다.

"악!!!! 악!!!"

아저씨는 발광한 것처럼 소리를 질러 댔다.

곧이어 벌들의 춤이 끝났다. 축제를 마친 벌들은 성난 황소처럼 아저씨를 공격하기 시작했다. 삼촌은 필사적으로 아저씨를 지켜내려 애썼다. 자신이 벌 떼의 공격을 받는 건 아무렇지도 않은 듯이. 아저씨가 난리를 피울수록 벌 떼의 공격은 집요해졌다. 삼촌의 얼굴과 몸 구석구석이 벌 떼의 공격으로 붉게 부풀어 올랐다. 정릉 아저씨는 그런 삼촌은 아랑곳하지 않고 여전히 팔을 사방으로 휘저었다.

그때였다. 삼촌이 흥분한 아저씨의 얼굴을 내리쳤다. 아저씨는 갑작스런 공격에 잠시 넋을 잃은 듯이 보였다. 삼촌은 그 틈을 이용해 방충복을 벗은 뒤 아저씨의 몸을 감쌌다. 이 모든 일이 너무 빨리 지나가

서 마치 순간처럼 느껴졌다.

이제는 벌들이 삼촌을 공격하기 시작했다. 좋은 먹잇감을 찾은 것처럼 쉴 새 없이 날아들었지만 삼촌은 꼼짝도 하지 않았다. 아저씨를 지키기 위해서라면 무엇이라도 할 것 같았다.

나는 그들이 위험하다고 생각했다. 아니, 삼촌이 위험했다.

그리고 들리는 소리.

벌들의 날갯짓이 내 귓가에 내리꽂혔다.

벌들의 노래!

나는 창에 두 손바닥을 댄 채 얼어붙었다.

벌들을 뚫어져라 쳐다봤다.

'삼촌이 위험해!'

나는 머릿속으로 벌들을 향해 외쳤다.

'삼촌이 위험하다고! 제발!'

그러자 벌들이 방향을 바꿔 일제히 내게로 날아왔다.

일직선으로,

쏜살같이,

벌 떼가 내 눈으로 쏟아졌다.

퍽!

퍽!

퍽!

벌 떼가 내가 서 있는 창에 사정없이 부딪쳤다.

창문에 부딪힌 벌들은 내장이 터져 버렸다.

벌들의 머리가 깨졌다. 날개가 찢겼다.

퍽!

퍽!

해나가 방충복을 벗는 모습이 아스라이 보였다.

눈을 뜨고 나서야 내가 잠시 기절했다는 걸 알았다. 의자 등받이에서 가까스로 등을 떼고 앉았다.

“괜찮아?”

해나가 보였다.

“어떻게 된 일이야?”

내가 물었다.

“나야말로 묻고 싶다.”

앞에 앉아 있던 진우 삼촌이 말했다. 삼촌의 얼굴과 목, 팔에는 벌에게 쏘여서 부어오른 상처가 군데군데 보였다.

“이게 다 이상 기후 때문이야. 벌들이 난폭해지다 못해 미친 거라고. 그치, 연우야?”

해나가 서둘러 변명을 했지만 나는 그저 고개를 푹 숙였다. 무어라고 변명하고 싶었지만 딱히 떠오르는 말이 없었다.

내가 양봉 수업을 망쳐 버렸다. 손으로 테이블을 잡고 의자에서 일어났다. 나도 모르게 휘청거리자 진우 삼촌이 내 팔을 잡았다.

“괜찮아요.”

삼촌의 손을 뿌리치고는 야외 정원으로 향했다. 해나와 삼촌이 나를 따라 나왔다.

정원은 그야말로 초토화가 되었다. 자빠진 벌집과 사람들이 벗어 놓은 방충복, 그리고 갖가지 도구들이 마구잡이로 흩어져 있었다. 심지어 벌집 주위에 있던 주황색 능소화까지 짓밟힌 채 꺾여 있었다. 내가 서 있던 창문 아래 바닥에는 유리에 부딪혀 죽은 벌들의 시체가 수북했다. 그나마 살아 있던 벌들도 집을 잃었으니 이곳을 떠날 수밖에 없을 터였다.

"해나는 집에 가라."

진우 삼촌이 해나를 바라보았다.

"연우랑 같이 퇴근할 거예요."

"오늘은 일찍 문을 닫을 거야. 일요일이잖아."

"집에 가도 아무도 없는데."

"해나야……."

"알겠어요."

해나는 마지못해 카페 안으로 들어갔다.

진우 삼촌과 나는 아무 말도 하지 않았다. 그저 쓰러진 벌집을 멀뚱히 보고 있었다. 바람 한 점 없는 옥상의 공기가 '훅' 하고 심장 깊숙이 들어왔다. 끈끈하고 답답한 기운이 가슴 언저리에 가득했다.

해나가 가자 단둘이 Honey에 남았다. 진우 삼촌이 오렌지주스와 커피를 들고 와 내 맞은편에 앉았다. 어느새 카페 문에는 햇빛 가리개용 블라인드가 내려져 있었다. 이제 막 정오를 지났는데도 실내가 어둑어둑했다. 장마철 직전의 습한 기운이 하이센터에 가득찼다.

"해나한테 들었어. 이번이 처음이 아니라고?"

"뭐가요?"

"네가 솔직하게 말해야 내가 도울 수 있어."

"뭘 도와줄 건데요? 형사들이 찾아오지 않게 소리 지르는 거요? 아니면 오갈 데 없는 고아 같은 애를 거둬 주는 거요? 이미 충분해요. 차고 넘친다고요!"

급기야 소리를 지르고 말았다. 자꾸만 화가 났다. 삼촌에게 화가 나는 건지 내 자신에게 화가 나는 건지 모르겠다.

"연우야……, 난 진심으로 널 돕고 싶어. 내가 할 수 있게 해 줘……."

고개를 숙였다. 차마 진우 삼촌의 얼굴을 마주 볼 수가 없었다.

어째서 이렇게 마음과 다른 말이 나오는지 모르겠다. 삼촌에게 내 진심을 얘기하고 싶은데 그럴수록 자꾸만 엇나가기만 한다. 나도 날 모르겠다.

"보령에서도 비슷한 일이 있었던 거지?"

삼촌이 물었다.

"……."

"여기 찾아온 형사들과 만났어. 그때 보령에서 무슨 일이 있었던 거니? 네 엄마도 거기에 있었던 거야?"

"몰라요. 이미 얘기했잖아요. 기억나지 않는다고."

"그럼 벌에 대해서 얘기해 봐."

"그것도 몰라요. 어째서 벌이 자꾸만 이러는지 나도 모른다고요. 나도 무서워요, 나도……."

진우 삼촌은 지금 어디를 보고 있을까? 고개를 숙인 내 머리통을 째려보고 있을까? 아니면 아무리 선의를 베풀어도 도무지 받아들이지 못하는 멍청이 같은 나와 얼굴을 마주하길 기다리고 있을까?

알고 있다. 선의를 곧이곧대로 받아들이지 못하는 인간이 있다는 걸. 그게 바로 나 같은 인간이다. 끊임없이 의심하는 자, 한 번도 누군가의 진심을 받아 보지 못한 자. 사람들은 그런 자들을 경멸한다.

하지만 알고 있을까? 사실은 두려워서라는 걸. 선의의 다른 얼굴을 숱하게 경험한 그들이 할 수 있는 건 기대를 버리는 것, 그리고 먼저 공격하는 것뿐이다. 그게 덜 아프니까.

"어떻게 이런 일이 있을 수 있는지 모르겠구나. 나도 벌이라면 알 만큼 안다고 생각했는데. 이런 건 처음 봐……."

삼촌이 체념하듯 중얼거렸다.

그제야 고개를 들어 삼촌을 바라보았다.

삼촌은 창밖 너머를 바라보고 있었다. 아주 먼 곳인 듯했다. 초점이 없는 삼촌의 눈이 투명하게 빛났다. 그 안에 물기를 품은 것처럼.

"……죄송해요."

순간 삼촌이 울지도 모른다고 착각을 했다. 그런 일은 벌어지지 않을 거라는 걸 알면서도 왜 그런 착각을 했는지 모르겠다. 그래도 사과를 하고 싶었다. 삼촌이 아니라 날 위해서.

"넌 아무 잘못도 하지 않았는데 뭐가 죄송해? 넌 사과를 할 만큼 잘못한 게 없어. 앞으론 사과 같은 거 함부로 하지 마. 알았니?"

"……."

"아무래도 그날 그곳에 네 엄마가 있었던 것 같다. 네 친구가 엄마를 봤다고 했어. 네 엄마는 틀림없이 무엇인가를 알고 있을 거야. 엄마를 찾아보는 건 어때?"

"엄마요?"

"그래."

"아뇨."

"……."

이번에는 진우 삼촌이 아무 말도 하지 않았다.

친구라면 희철이다. 그 일이 있기 몇 주 전부터 희철이는 여왕벌이 보고 싶다고 했다. 여왕벌이 수벌과 교미를 한 다음 죽여 버린다는 소리를 어디에서 주워들었는지 계속해서 졸라 댔다.

"진짜로 수벌의 거시기까지 뽑아 버려?"

"다 그런 건 아니야."

"어쨌든 거시기가 뽑힌다는 거 아니야. 살벌하네, 살벌해. 그래서 여왕벌인가?"

흥분한 희철이를 말릴 수가 없었다. 더는 거절할 이유를 찾지 못한 것도 한몫했다.

벌장으로 친구가 오는 건 처음이었다. 나는 희철이가 좋았다. 간신히 친해졌는데 분명한 이유도 없이 놀러 오지 말라고 하기가 싫었다. 그래서 아버지가 없는 날로 어렵사리 약속을 잡았다. 문제는 아버지가 내 예상보다 일찍 벌장으로 돌아왔다는 거다. 게다가 화가 잔뜩 나 있었다.

희철이가 늦게 와 주길 빌고 또 빌었다. 아버지의 화가 빨리 가라앉길 빌고 빌었다. 하지만 아버지는 들어오자마자 잔소리를 늘어놓기 시작했다. 폭발하기 직전에 하는 행동이었다. 어떤 물건이 제자리에 있지 않다면서 화를 내었고, 그 물건이 어디 있는지 꼬치꼬치 캐물었다. 집요하게 찾아 대던 물건들은 훈연기나 흡착기처럼 사소한 것들이었다. 심지어는 손톱깎이나 가위를 찾을 때도 있었다. 그날 아버지가 찾았던 것이 무엇이더라? 기억나지 않는다. 어쨌든 나는 그 물건이 어디에 있는지 필사적으로 떠올려야만 했다.

창고? 작업방? 부엌? 세면대?

내 기억에 그 물건은 어디에나 있었다. 선반 위, 식탁 위, 벌장의 수많은 바구니들 속에도. 아버지가 들고 있거나 내가 가져다주었던 어느 시점…….

내 기억에 그 물건은 어디에도 없었다. 벌장의 모든 곳을 뒤진다 해도 나오지 않을 만큼 꼭꼭 숨어 있었다. 아버지는 점점 더 화가 났다. 그 물건을 끝내 찾지 못한 나는 곧 벌을 받을 것이다.

그날만큼은, 제발 그날만큼은,

어떤 일도 벌어지지 않길 바랐다.

머리가 터질 듯이 기억이 몰려왔다.

결국 나는 아버지가 원하는 물건을 찾지 못했다. 아버지가 각목을 들고 나왔다. 그리고 나를 쉴 새 없이 내리쳤다.

나는 맞는 와중에도 벌장 입구만 바라보았다.

저만치 희철이가 보였다.

녀석은 은색 자전거 페달을 열심히 굴려 저 언덕을 올라왔을 것이다. 눈이 살포시 내린 것 같은 이팝나무의 꽃잎을 훑으며, 수벌의 생식기를 뽑아야만 교미를 멈출 수 있다는 여왕벌을 상상하며 꽃잎보다 더 하얀 이를 드러내며 웃었을 것이다.

곧이어 희철이가 멈추어 섰고 모든 것은 정지되었다. 희철이의 자전거 페달도, 바람도, 공기도, 풍경도.

희철이는 맞고 있는 나를 보았다.

기억은 영혼의 반영이다

서울에서 보령까지는 버스로 세 시간 거리였다. 강남 센트럴시티 터미널에서는 거의 한 시간 간격으로 버스가 있을 정도로, 보령은 가고자 하면 언제든지 갈 수 있는 곳이었다. 보령에서 서울로 올 때 멀게 느껴졌던 거리감이 무색할 정도였다.

나는 정오쯤 서울 센트럴시티 터미널에 도착했다. 출발 시각이 삼십 분이나 남아 있었지만 혹시나 자리가 없을까 봐 일찍 온 거였다. 걱정과 달리, 버스는 대부분 빈자리였다. 간밤에 거의 잠을 자지 못했다. 버스에 타자마자 잠이 들 줄 알았지만 시간이 지날수록 정신이 또렷해졌다. 무심히 지나치는 풍경을 바라보며 시간을 보내야 했다.

진우 삼촌에게는 집을 나오면서 바로 문자 메시지를 보냈다. 사정이 있어서 오늘 하루는 카페에 갈 수 없다는 것과 늦게 들어갈 것 같다는 내용의 메시지였다. 삼촌은 메시지를 읽고 나서도 한동안 답이 없다가 '응.'이라고 짤막한 답을 보냈다.

버스 안의 에어컨 바람은 살짝 춥게 느껴졌다. 자리 위에 있는 에어컨 구멍 마개를 돌려 바람 양을 조절했다.

서울에 온 지 두 달이 조금 지났다. 그렇게 낯설던 마천루도, 번화함도 익숙해지고 있었다. 다만 아직도 익숙하지 않은 게 있었다. 바로 서울의 야경이었다. 밤이면 도시에 내려앉는 불빛은 보아도 보아도 경이로웠다. 대낮에 목격한 도시의 맨얼굴은 예상이 되는데 불빛 속의 도시는 도무지 예상할 수 없었다. 당장 판타지 속의 이야기가 펼쳐진다고 해도 믿을 수 있을 것 같았다.

그에 반해 보령은 지독하게 어두웠다. 한 치의 그림자도 허용하지 않는 어둠이 시시때때로 밀려왔다. 그러한 날에는 어둠으로부터 도망치듯 그곳을 떠나고 싶었다. 엄마처럼 그렇게.

도시를 벗어나자 비슷한 풍경이 이어졌다. 보령 시내에 도착하자마자 희철이와 만나기로 한 롯데리아로 향했다. 아니, 내가 롯데리아에서 기다리겠다고 했다. 학교 수업이 언제 끝날지 모른다는 희철이의 답은 여기에 오고 싶지 않다는 뜻이었다. 끝나는 대로 오라는 말로 내 기다림을 대신 전했다.

얼음이 녹은 콜라와 먹다 만 햄버거가 말라 갈 때쯤 희철이가 나타났다. 희철이는 내 앞자리에 가방을 던져 놓고는 주문대로 향했다. 나도 따라서 주문대로 갔다.

"빅불 세트 하나 주세요."

희철이는 메뉴판도 보지 않고 주문했다.

"내가 낼게."

서둘러 지갑을 꺼내는 사이 희철이가 먼저 계산했다.

우리는 햄버거가 나올 때까지 주문대 앞에 서서 기다렸다. 알바생이 음식을 준비하는 동안 말없이 주문대 위 메뉴판을 올려다보았다. 마치 우리가 찾아야 할 것이 그곳에 있기라도 한 듯이.

희철이는 햄버거와 음료를 급하게 먹었다. 쫓아오는 사람도 없는데 말이다.

"천천히 먹어……."

내 말에 대꾸도 하지 않았다.

"갑자기 연락해서 놀랐지?"

내 물음에 잠시 고개를 드는가 싶더니 컵에서 빨대를 뽑아낸 다음 컵째 콜라를 들이켰다.

"꺼억!"

희철이가 크게 트림을 하고는 나를 바라보았다. 그 시선에 당황한 건 오히려 나였다.

"그래서?"

희철이가 물었다.

"……그, 그래서? 뭐가 그래서야?"

"그래서 왜 왔냐고?"

"화난 거 알아. 미안하다."

"뭐가?"

"전부 다……."

"그러니까 그 전부 다가 뭔데? 읊어 봐."

"……."

"말 못하겠지? 당연히 말 못하지. 넌 뭘 잘못했는지 모르니까."

"아냐, 알아."

"알긴 뭘 알아? 너 학교 그만둔 걸 담탱이한테 듣게 된 거? 코빼기 하나 안 비추고 보령을 뜬 거? 좋다, 다 좋다고. 가서는 손가락이 부러져서 연락 한 번 안 하고 휴대폰이 망가져서 전화 한 번 못하는 놈이잖아, 넌! 그런 새끼가 두어 달이 지나서 '짜잔!' 하고 나타나면 내가 좋아서 춤이라도 출까 봐? 됐거든!"

희철이는 속사포처럼 쏘아 대더니 고개를 들어 천장을 바라보며 한숨을 크게 쉬었다.

"미안해. 상황이 안 좋았어. 너도 알잖아……."

"난 그딴 거 모르거든. 네 아빠가 어떤 사람인지, 어쩌다 죽은 건지, 너희 엄마가 집 나간 지 몇 년 만에 다시 돌아온 건지 관심 없거든. 내 관심은 빙신 새끼 같은 김연우가 날 배신했다는 것뿐이야!"

희철이의 얼굴이 점점 빨개졌다. 녀석은 흥분을 하면 얼굴부터 빨개지다가 목과 몸통까지 붉은 기가 내려갔다.

나는 아무 말도 하지 못하고 고개를 숙였다.

희철이 입에서 엄마가 나왔다. 엄마가 돌아왔다는 게 진짜일까? 도대체 어떻게 된 걸까? 당장 묻고 싶었지만 지금이 그걸 물어야 할 타이밍인지 판단이 서지 않았다.

우리는 잠시 숨 고르기를 하는 양 각자의 생각에 빠졌다.

희철이는 정확하게 정곡을 찔렀다. 적어도 친구라면 나는 희철이와 주호에게 연락했어야 한다. 하지만 두려웠다. 그 애들이 나를 어떻게 볼지, 그걸 마주할 자신이 없었다.

여기에 오기까지 많은 용기가 필요했다. 엄마의 존재를 확인해야 한다는 그럴듯한 이유가 없었다면 결코 오지 않았을 거다. 그러니까 그 이유를 물어야만 했다.

"그날, 우리 엄마 봤어?"

"봤지."

"진짜?"

"……기억 안 나? 너 기억 상실인가 뭔가 그런 거라던데 진짠가 보네."

내가 고개를 숙이자 희철이가 다시 물었다.

"그럼 벌도 기억 안 나?"

"벌?"

"그래, 벌이 너한테…… 아니다. 그럴 수도 있지. 그게 뭐 네 탓은 아니지……."

"무슨 소리야?"

"아니다. 근데 잘 사냐? 그 삼촌인가 뭔가 하는 사람이 잘해 줘? 구박은 안 하고? 이상한 사람이면 당장 내려와라. 주호가 너 하나 정도는 감당할 수 있다고 하더라. 어차피 혼자 자취하니까 힘든 일도 아닐 거야."

"……."

아무 대꾸도 하지 않자 희철이가 다시 물었다.

"너, 내 말 안 믿는구나?"

"아냐, 믿어."

"안 믿는 것 같은데?"

"믿는다니까. 근데 우리 엄마 본 거 확실해?"

"내가 자전거 타고 거기 갈 때 아줌마 한 분이 내 앞에서 걸어가고 있었어. 그분이 네 엄마였더라."

"우리 엄마인지 어떻게 알아? 다른 사람일지도 모르잖아?"

"네가 엄마라고 불렀으니까."

"아, 내, 내가?"

희철이가 고개를 끄덕였다.

"생각 안 나?"

이번에는 내가 고개를 끄덕였다.

잠시 우리는 아무 말도 하지 않았다.

시간은 오후 다섯 시를 향해 달렸고 창밖으로 꼬리가 긴 그림자들이 거리 위로 넘어지고 있었다. 우리 학교는 이곳에서 걸어서 삼십 분 거리에 있었다. 수업이 일찍 끝난 아이들이 교복을 입고 가게에 드나들었다.

"우리 엄마 어때 보였냐?"

내가 먼저 입을 열었다.

"그냥, 다 그렇지, 뭐……. 많이 우시더라."

"울었다고?"

"그 모습을 보고 어떻게 안 우냐? 그래도 엄만데."

희철이가 휴대폰을 꺼내더니 무언가를 읽다가 불쑥 물었다.

"주호 새끼도 여기로 오는 중이라는데?"

"말했구나?"

"자꾸만 어디에 가느냐고 물어서. 말 안 하면 담탱이한테 꼰지른다고 협박해서 어쩔 수 없었어."

"상관없어."

주호는 희철이와 절친이었다. 그래서 나와도 친구가 되었다.

"야, 벌써 온다, 와."

주호가 헐레벌떡 유리문을 열고 들어왔다. 나를 보자마자 성큼성큼 다가와 내 머리를 감싸 안더니 헤드록을 걸었다. 녀석의 몸에서 꿉꿉한 담배 냄새와 땀내가 풍겼다. 한때 친구였던, 아니 여전히 친구인 녀석의 뜨끈한 체온이 그대로 전해졌다. 무심하고 무력한 나와는 정반대로 거칠고 때론 우악스러운 녀석의 몸에는 그런 것이 있었다. 친구가 주는 살의 온기.

"야, 그만해. 연우 아프잖아!"

"아, 맞다. 네 늑골!"

주호는 놀라는 척하면서도 얼굴은 웃고 있었다. 헤벌쭉한 표정으로 이어서 말했다.

"……이러면서 내가 쫄 줄 알았냐? 벌써 다 조사해 봤거든. 한 달만 치료하면 다 붙는다며? 어디서 엄살이야!"

주호는 내가 늑골이 두 개나 부러졌다는 걸 알고는 인터넷을 통해서 늑골의 위치까지 공부했다면서 허세를 떨었다.

우리는 하루도 떨어져 본 적 없다는 듯이, 어제에 이어 오늘도 만난 것처럼 익숙하게 수다를 떨었다. 얼마 안 있으면 고등학생이 된다면서 앞으로 어떻게 사느냐며 걱정을 하기도 했다. 주호는 학교를 그만둔 내게 부럽다는 말도 했다. 주호의 수다는 여전히 길고 쾌활했다. 몇 달 전 어느 날, 우리가 함께 있던 어느 시간과 같았다.

누군가는 기억이라는 게 영혼의 반영이라고 말했다. 하지만 내 영혼이 어디에 있는지 모르겠다. 영혼이 있다면 어디에 존재할까? 가슴 혹은 머릿속? 가슴은 세상에 대한 분노로 가득 차 있고 머릿속은 죽음을 열망했다. 영혼이 있다면 자리를 박차고 나갔을 것이다. 현실은 내 영혼이 깃들 만큼 재미나거나 단단하지 못했다.

희철이와 주호는 재미없고 단단하지 못한 내 현실에 깜짝 방문한 다른 영혼들이었다. 불길함과 불안함이 그들로 인해 잊히기도 했다. 내가 가끔 행복한 아이라고 착각하게 만들었다. 그들과 함께여서 그나마 나는 여기에서 살아갈 수 있었다.

그 일이 있고 나서 병원으로 찾아온 사람이 진우 삼촌이었다. 나는 삼촌을 따라 불운한 내 영혼을 이곳에 두고 떠났다. 녀석들과 함께했던 기억마저도 두고 가려 했다. 영영 돌아오지 않으려 했다. 내 불안한 영혼을 찾고 싶지 않았다.

우리는 롯데리아를 나와 늘 가던 피시방으로 향했다. 하나도 변하지 않은 코스였다. 희철이와 주호는 늘 하던 게임을 했다. 게임을 즐기지 않았던 나는 그새 게임과 더 멀어져 있었다.

그래서 인터넷 검색창에 '보령'과 '이진숙'이라는 키워드를 넣어 봤다. 나와는 다른 세계에 사는 이진숙이 등장했다. 지방의 유명 인사 '이진숙' 씨 기사와 종군 기자 '이진숙' 씨가 충청도 모 대학에 특강을 하러 온다는 기사가 떴다. 보령 내천리에 사는 양봉업자의 아내 '이진숙'의 흔적은 어디에도 없었다. 그럼에도 나는 '이진숙'이라는 이름을 가진 이들의 행적을 꼼꼼히 읽어 나갔다.

"뭐 해?"

희철이가 게임을 하다 말고 내가 보고 있는 화면을 힐끔거렸다.

나는 얼른 창을 내렸다. 화면이 바뀌자 희철이가 제자리로 고개를 돌렸다.

"알았어, 방해 안 할게. 여기 있기 싫으면 말해. 우리는 상관없어."

"여기 좋아. 우리가 늘 있던 곳이잖아……."

희철이가 게임 화면을 뚫을 것처럼 보고 있었다. 모니터에 막 카운트다운이 떴다. 이제 희철이와 주호의 캐릭터가 낙하산을 타고 무법지대를 향해 내려갈 것이다. 그들이 살아남아야 할 땅이었다.

피시방에서 시간을 때우고 나오니 배가 고팠다. 여전히 사천 원밖에 하지 않는 자장면 집에 가서 늦은 저녁을 먹은 뒤 곧장 터미널로 향했다.

"진짜 가고 싶냐? 가기 싫으면 가지 마라."

주호가 내가 든 버스표를 바라보며 말했다.

"가야 돼. 알바도 해야 되고."

"너, 겁나 좋겠다. 카페 알바라니 완전 멋지다. 희철아, 연우 자식 지금 보니까 서울 애 같지 않냐?"

"시끄러."

"같이 알바하는 애가 누구라고 했지? 해수? 해진이?"

"해나."

"아, 해나! 예쁘냐?"

"음, 예쁜 거 같기도 하고 잘 모르겠다."

"모르긴 뭘 몰라. 예쁜 거 맞네. 너는 맨날 뭘 물어보면 모른다고 하는데, 네 입에서 예쁘다는 소리가 나왔다는 건 완전 예쁘다는 거지. 그치, 희철아?"

"시끄럽다니까."

"시급은 얼마야?"

"통장으로 들어오는데 한 번도 안 찍어 봤어."

"먹여 주고 재워 주는데 돈도 줘? 친삼촌도 아니라면서?"

고개를 끄덕였다.

"완전 좋겠다. 그치, 희철아?"

"시끄럽다고."

그때 저만치에서 버스가 들어왔다. 앞 유리창에 서울 센트럴시티 터미널행이라고 적혀 있었다. 몇몇 사람이 버스에 올라탔다. 출발하려면 십 분가량 남아 있었다.

"나 간다."

"담에 또 올 거지?"

내가 버스에 오르자 주호가 물었다. 희철이는 나를 빤히 바라봤다.

나는 대답하지 않고 버스에 올라타 깊숙이 들어갔다. 두 녀석은 버스 출입문 앞에 그대로 서 있었다. 얼마 후 버스 기사가 왔다. 좌석에 앉은 사람들 숫자를 세더니 버스 문 앞에 서 있던 아저씨에게 알려 주고는 운전석에 앉아 시동을 걸었다.

그때였다.

"잠시만요!"

희철이가 버스에 올라탔다.

"표 줘야지?"

밖에 서 있던 아저씨가 따라 올라왔다.

"전 서울 안 가요. 친구한테 잠깐 할 말이 있어요."

"내려가서 얘기해, 이 녀석아!"

"잠깐이면 돼요."

희철이가 막무가내로 내 자리까지 왔다. 그리고는 내 귀에 대고 속삭였다.

말이 끝나자마자 희철이는 아저씨 손에 이끌려 버스에서 내렸다. 버스가 움직이고 희철이와 주호가 점점 멀어졌다. 처음으로 가슴이 먹먹해졌다. 마치 내 편을 이곳에 두고 나만 혼자 어딘가로 가는 것처럼 지독하게 외로운 느낌이 들었다.

희철이는 교복 바지 주머니에 손을 찔러 넣었고 주호는 내게 손을 흔들어 댔다. 후진을 하던 버스가 곧 터미널을 빠져나왔다. 더는 희철이도 주호도 보이지 않았다. 녀석들은 아직도 그 자리에 서 있을까?

지금 당장 버스를 세워 녀석들에게 달려가고 싶었다.

버스가 힘차게 내달리기 시작했다, 서울을 향해.

도태된 벌

버스가 보령을 빠져나갈 때쯤 휴대폰을 꺼냈다. 문자 메시지가 세 개나 와 있었다. 언제쯤 올 거냐는 진우 삼촌의 메시지가 하나, 해나의 메시지가 두 개였다. 삼촌과 해나에게 답장을 보내고 바로 잠이 들었다. 서울로 올라가는 내내 잠을 잤다. 오늘 하루치 잠이 한꺼번에 쏟아지는 것처럼 못 견디게 졸렸다.

한동안 꾸지 않았던 엄마 꿈을 꿨다. 희철이가 벌장에 도착하고 얼마 후 엄마가 나타났다. 엄마는 날 보자마자 뛰어왔다. 슬로 모션처럼 느릿느릿한 그 모습이 몇 번이나 끊어졌다 이어지곤 했다. 꿈이라는 걸 알면서도 속이 답답했다. 당장 엄마 손을 잡아끌고 싶었지만 조금도 움직일 수가 없었다. 엄마가 무어라 외쳤다. 동굴처럼 컴컴한 입이 벌어졌다. 엄마 입에서 수없이 많은 벌 떼가 쏟아져 나왔다. 끝도 없이 쏟아지는 벌 떼가 사방을 휘저으며 날았다.

그때 누군가 소리쳤다.

"도망 가!"

"제발 도망 가!"

엄마 입에서 나온 소리인지, 희철이가 한 말인지, 혹은 내가 한 소리인지 모르겠다.

화들짝 놀라며 잠에서 깼다. 어찌나 놀랐는지 앞좌석 등받이 아래에 발등이 찍힐 정도로 몸을 들썩였다. 조용히 창밖을 보며 마음을 진정시켰다. 컴컴한 어둠이 버스와 함께 달리고 있었다.

조금만 더 길게 잤다면 누가 한 소리인지 정체를 알 수 있을 것 같았다. 꿈은 번번이 결정적인 장면에서 끊겼다. 다시 잠을 청하려 억지로 눈을 감았다. 꾸다 만 꿈을 마저 꾸고 싶었다.

꿈은 기억과 무관하지 않다. 간혹 낮에 보았던 모습이나 영화의 한 장면을 꿈속에서 다시 만나기도 한다. 꿈은 현실을 그럴듯하게 과대포장하거나 극대화한 모습으로 재연된다. 그래서 호러가 되거나 판타지가 되기도 하는데 그럴 때면 나는 다시 잠을 자려고 노력한다. 그 꿈을 이어서 꾸고 싶기 때문이다. 더러 운이 좋아 꿈을 이어서 꿀 때도 있는데, 사실 그게 꿈인지 상상인지 그 경계가 애매할 때도 있다. 호러든 판타지든 나는 현실보다 꿈이 더 흥미로웠던 모양이다.

문득 아까 버스에 올라탄 희철이가 남긴 귓속말이 또렷하게 떠올랐다.

"네 아빠는 벌을 받아서 죽은 거야. 네 탓이 아니야……."

희철이의 뜨거운 입김이 아직도 귓가에 남아 있다.

차창 밖으로 도시의 불빛이 보이기 시작하자 잠이 훅 달아났다. 서울이었다.

진우 삼촌의 방에 켜진 불빛이 옥상을 밝히고 있었다. 여기가 내가 사는 집이다. 집 안은 저 불빛만큼 따뜻할 것이다.

"왔어?"

문을 열자 삼촌의 낮은 음성이 먼저 마중을 나왔다. 삼촌은 거실에서 노트북으로 무엇인가를 하고 있었다.

"네."

"피곤하겠다. 어서 자라."

삼촌은 아무것도 묻지 않고 하던 일을 마저 했다. 나는 얼른 씻고 나와 삼촌 주위를 어슬렁댔다. 혹시나 뭔가 묻는다면 대답할 마음이 있었다. 이를테면 어디에 갔다 왔냐고 묻거나 누구를 만난 건지를 묻는다면 내키지는 않아도 솔직하게 말하려 했다.

"할 말 있니?"

내가 곧장 방으로 들어가지 않자 진우 삼촌이 물었다.

"아니요."

"그래? 그럼 들어가 자."

굳이 말하고 싶은 건 아니었지만 삼촌이 아무것도 묻지 않자 오히려 서운했다.

"근데…… 오늘 어디 갔다 왔는지 궁금하지 않아요?"

진우 삼촌이 노트북에서 손을 떼고 그제야 날 바라봤다.

"궁금해. 말해 줄래?"

삼촌의 눈빛과 목소리는 언제나 따뜻했다. 내가 본 인간 중에 가장 다정한 인간이다. 어떻게 살면 저런 눈빛으로 사람을 볼 수 있을까? 어떻게 자라면 저런 목소리로 말할 수 있을까? 아마도 진우 삼촌은 태생부터 남다를지도 모른다. 좋은 부모를 만났을 테고 착하게 자랐을 것이다. 선량한 친구와 학창 시절을 보냈을 테고 안정된 직장도 다녀봤을 것이다.

"친구들 보러 보령에 다녀왔어요."

나는 최대한 담담하게 대답하려 했다.

"잘했네. ……연우야?"

삼촌은 뜸을 들이다 나를 불렀다.

"네?"

"다음에는 미리 얘기해 주면 삼촌이 덜 기다릴 것 같아."

"네……."

삼촌은 천천히 고개를 돌려 다시 노트북을 바라봤다.

방으로 들어오자 이상하게 마음이 놓였다. 아침부터 날뛰던 머릿속 진동도, 혈관의 가쁜 움직임도 이제야 정상으로 돌아오고 있는 것 같았다.

진우 삼촌이 날 기다렸다고 한다. 날 기다리는 사람이 있다니, 믿기지는 않지만 말만으로도 충분했다. 때로는 누군가의 말 한 마디에 나의 전부를 걸고 싶을 때도 있으니까.

다음 날 Honey에 가자 해나가 다른 날보다 유독 말을 아꼈다. 인사를 해도 모른 척하고 내 말에 대꾸도 하지 않았다. 무엇 때문에 화가 났는지 어제오늘 일을 곱씹어 봐도 알 수가 없었다.

혹시나 해서 해나가 보낸 문자를 다시 확인해 봤다.

내일 나오긴 하냐?

첫 문자는 다섯 시 칠 분에 온 문자였다.

내일 나오냐니까?

두 번째 문자는 정확히 십 분 후에 왔다.

내일은 나갈 거야.

늦기는 했지만 잊지 않고 답 문자를 보냈다는 걸 확인했다.

온종일 해나는 필요한 말만 했다.

"저기 치워."

손님이 나간 자리의 빈 컵을 가리켰다. 해나가 시키는 대로 군말 않고 테이블을 치웠다.

다른 테이블에 앉은 손님도 나갔다. 이번에는 해나가 시키기 전에 먼저 테이블로 향했다. 그러자 해나가 퉁명하게 말했다.

"내가 치울 거니까 넌 설거지나 해."

내가 알아서 하는 행동에는 태클을 걸었고 하지 않는 행동에는 참견을 했다. 비슷한 상황이 겹치자 나도 슬슬 짜증이 났다.

"그만 좀 하지?"

"뭐라고?"

해나가 나를 째려봤다.

"적당히 하라고. 뭐가 마음에 들지 않는지 분명하게 말하든가."

"말하면 알긴 해? 나도 오늘 피곤하거든. 너나 나나 서로 신경 끄자."

"그렇게 말하면 마음이 편해?"

"편해."

"좋아, 그럼 네가 원하는 대로 해 줄게."

그러자 해나가 주섬주섬 가방을 챙겨 들었다.

"뭐야, 가려는 거야?"

알바 시간이 끝나려면 몇 시간은 남아 있었다.

해나는 내 물음에 대답하지 않고 쌩하니 카페를 나가 버렸다. 뭔가가 단단히 꼬여 있었다. 조금 화가 났지만 그렇다고 당장 삼촌에게 이르거나 해나를 붙잡고 싶지는 않았다. 해나가 화가 났다면 그럴 만한 이유가 있을 거라고 생각했다.

해나 없이 손님을 받자니 여유가 없어선지 시간이 빠르게 흘렀다. 혼자 움직이니 더 그렇게 느껴졌다. 다행히 보령 생각이 덜 났고 엄마 생각도 덜했다.

저녁이 되어 혼자 도시락을 시켜 먹는데 진우 삼촌에게서 문자 메시지가 왔다.

갈이 퇴근하자.

오늘은 내가 삼촌을 기다렸다. 제목도 모르는 재즈 음악이 흘렀고 창 너머로 이르게 켜진 도시의 불빛이 드문드문 보였다.

여름이 착실하게 지나가고 있었다. 머지않아 보령의 들이 가을을 맞이할 터였다. 가을에 만들어지는 겨울 벌 중에 난방 벌 시기를 거치는 벌이 있다. 사람들은 벌이 자체적으로 열을 만들어 겨울을 난다고 알고 있지만 실제로는 그렇지 않다.

난방 벌 임무를 맡은 벌은 작은 날개 근육을 움직여 에너지를 만들어 낸다. 근육의 떨림을 이용해서 벌집의 온도를 올리고 날갯짓을 통해서 열을 내리기도 한다. 이때 벌집 안 소비의 간격을 넓혀 주어야 한다. 이 공간에 벌들이 바글바글 모여 서로의 체온으로 겨울을 나기 때문이다.

그렇다 해도 겨울이면 10%의 벌들은 죽게 된다. 대부분 소비장의 바깥쪽에 있는 벌들이다. 하지만 바깥쪽으로 밀려나지 않으려 애쓰거나 자리싸움을 하는 벌은 없다. 철저히 분업화된 벌들은 사람으로 치면 각각의 기관처럼 움직인다.

알을 보호하는 유모 벌이며, 일만 하는 일벌이며, 결혼 비행을 위해서 태어난 수벌이 그렇다. 벌집의 온도를 관할하는 난방 벌도 있고 보초를 서는 경계 벌도 다르지 않다. 그래서일까? 어느 학자는 벌을 포유동물이라고 말했다. 벌집이라는 '사회적 자궁'을 가진 집단 지성이 있는 생물이라면서 새로운 이론을 펼쳤다. 벌집의 구조 속에서 움직이는 벌들의 임무를 면면이 따지다 보면 벌이 포유동물에 가깝다는 주장이 터무니없지만은 않았다.

아홉 시가 되었는데도 진우 삼촌이 오지 않았다. 올여름은 다른 해보다 바쁜 편이라고 했다. 고양시를 포함한 경기도 북부 지역에 도시양봉 거점 지역을 만들어야 해서 출장이 잦았다. 요즘은 겨울 벌을 위한 가을나기 준비가 한창이었다. 그 와중에도 삼촌은 틈만 나면 야외 정원을 손질했다. 꽤 많은 정성과 수고를 들였다. 풍성한 정원의 모습과 이곳을 찾아올 벌들은 순전히 진우 삼촌이 있기에 가능했다.

늦어지면 항상 문자를 했던 삼촌이었기에 조금 더 기다려 보기로 했다. 삼십여 분이 지나자 경비 아저씨가 올라왔다.

"아직도 퇴근 안 했네?"

경비 아저씨가 마지막으로 옥상 문의 잠금장치를 확인했다.

"네, 사장님이 아직 안 오셨어요."

"그냥 퇴근하지, 왜?"

"같이 퇴근하자고 했거든요."

경비 아저씨가 카페를 둘러보며 물었다.

"회장님 딸은 퇴근했지?"

"회장님 딸이요?"

"해나 말이야. 그 애가 이 건물 주인인 회장님 딸이야. 몰랐니?"

"아……."

"허허, 여기 사장님이랑 회장님이 형제인 것도 몰랐어? 그래서 옥상에 카페도 차린 거지. 누가 여기까지 올라와서 커피를 마시나 했는데 쏠쏠하니 장사가 되더라고. 형제가 다 사업 수완이 좋은 거지."

그러니까 해나는 진우 삼촌의 친조카였다. 모든 의문이 풀리면서 상황이 딱딱 들어맞았다. 왜 해나나 삼촌은 자기들의 관계를 제대로 말해 주지 않은 걸까? 내가 가족이 아니기 때문에? 혹은 말할 필요가 없다고 생각한 건지도 모르겠다.

경비 아저씨는 꼼꼼하게 카페를 살폈다.

"문 닫고 곧 내려갈게요."

나는 서둘러 앞치마를 벗었다.

"진짜로 해나는 퇴근한 거 맞지? 걔 때문에 내가 잘릴 뻔했거든."

"아까 퇴근했어요."

경비 아저씨는 마지막까지도 카페를 둘러보았다.

더는 진우 삼촌을 기다리고 싶지 않았다. 나는 삼촌에게 먼저 퇴근하겠다는 문자를 남기고 카페를 정리했다.

이 정도는 돼야 '출생의 비밀'이라고 할 수 있다. 명동 한복판에 있는 12층짜리 건물의 주인이 아버지고, 그 건물의 옥상에 자리한 카페가 삼촌 것이며, 알바는 취미 생활인 데다 학교는 선택이라 가지 않을 수도 있는 아이. 질풍노도의 시기가 길어져 열여섯 혹은 열일곱이 되어도 짙은 화장과 피어싱으로 자신을 감추어도 되는 아이.

해나는 어떤 감정으로 날 보았을까?

호기심.

바로 호기심이었을 것이다. 자신의 계급과 전혀 다른 세상에서 온 아이니 얼마나 신기하고 재밌었을까? 나도 모르게 씁쓸한 웃음이 비죽 새어 나왔다.

높은 건물의 옥상으로 출근한 나는 그보다 낮은 옥상으로 퇴근을 했다. 그러고 보니 서울에서는 고층에서 고층으로 이동하는 경우가 많았다. 아파트에서 높은 건물로 출퇴근하는 사람이 그랬고, 높으면 높을수록 부의 척도가 달라지니 모두가 위를 향해 달리고 있다. 하지만 옥상은 다르다. 옥상은 지하와는 또 다른 빈곤이 있다. 나의 가난함이 낱낱이 드러나는 곳, 이곳이 내가 사는 곳이다. 이런 내가 잠시나마 해나와 같은 부류라고 착각한 것이다.

젠장! 역시 세상은 공평하지 않은 게 틀림이 없다. 사회적 자궁 안에서 도태된 벌은 또 다른 옥상을 찾아야 할지도 모른다. 집에 도착하자 그런 감정이 더욱 또렷해졌다.

삼촌을 기다리다 열두 시가 넘어서야 침대에 누웠다. 잠은 오지 않았고 귀의 감각만이 잔뜩 살아남아 밤을 지켰다.

옥상의 철제 계단을 밟고 올라오는 발소리를 기다렸는데 휴대폰 벨소리가 울렸다. 진우 삼촌이었다.

"전화 못 해서 미안하다. 해나가 입원했어."

"해나가요? 왜요?"

"사고가 있었어."

"혹시 저 때문이에요?"

낮에 화가 난 채로 가 버린 해나가 마음에 걸렸다.

"아니야. 왜 너 때문이겠어? 그런데 연우야!"

"네?"

"많이 늦었는데 여기로 와 줄 수 있니?"

"지금이요?"

"그래, 해나가 널 찾아."

"……갈게요. 어디예요?"

전화를 끊자마자 택시를 잡으러 대로가 있는 곳까지 뛰었다.

해나에게 무슨 사고가 있었던 걸까?

너그럽지 못한 나 자신에게 화가 났다. 아니, 출생의 비밀을 운운하며 해나에게 서운한 감정을 가졌다는 게 미안했다. 어설픈 열등감을 그 애에게 투영해 해소한 건 아닌지, 혹 나의 불운이 사고와 관계가 있는 건 아닌지 여러 생각에 괴로웠다.

나는 주위 사람을 위험에 빠뜨리는 존재일지도 모른다. 아버지가 그랬고 엄마도 그래서 날 떠난 건지도 모른다. 나 때문에 해나가 위험에 빠진 거라면 스스로를 용서할 수 없을 것만 같았다.

서둘러 택시를 잡아탔다. 차창 밖은 불야성을 이룬 듯이 낮처럼 밝았다. 어두운 밤이 영원히 오지 않을 것 같은 도시의 한가운데를 택시가 달리고 있었다.

벌을 받는 아이들

해나는 일인용 병실에 누워 있었다. 검은 옷이 아닌 환자복을 입은 모습이 낯설었다. 진한 화장을 지운 맨얼굴도 처음 보았다. 창백해 보이는 게 환자복 때문인지 병실의 형광등 불빛 때문인지 헷갈렸다. 분명한 건 사고가 있었다는 것. 시퍼렇게 멍든 해나의 얼굴이 그 증거였다. 해나는 나를 보자마자 손을 들어 인사했다.

"하이!"

진우 삼촌이 의자에서 일어섰다.

"놀랐지? 여기까지 불러서 미안하다."

"아니에요, ……그런데 괜찮은 거예요?"

"그건 나한테 물어야지."

해나가 불쑥 끼어들었다.

"넌 살 만한가 보다……."

"봐요, 쟤가 저렇다니까요?"

해나가 힘없이 웃었다.

"어떻게 된 일이에요?"

"사장님은 이제 가세요. 연우가 옆에 있을 거예요."

내 물음에 해나가 엉뚱한 말을 했다.

"그건 안 돼. 네 엄마랑 단단히 약속을 했어."

"무슨 약속이요?"

"널 혼자 두지 않겠다고 약속했지."

"연우가 있으니까 혼자가 아니잖아요. 우리가 엉뚱한 짓이라도 할까 봐요? 걱정 말아요. 방금 자살 기도한 애가 무슨 짓을 하겠어요. 그럴 힘도 없다고요."

해나의 입에서 나온 '자살'이란 단어에 몸이 떨렸다. 그제야 해나의 손목이 보였다. 멍든 얼굴 때문에 미처 발견하지 못했다. 하얀 붕대를 친친 감아 놓은 손목이 이불 위에 맥없이 올라와 있었다.

결국 해나의 성화에 못 이겨 삼촌은 집으로 가야만 했다. 노트북이 든 가방을 어깨에 멘 채 말했다.

"연우야, 잠깐 나 좀 보자. 해나는 얌전히 있기로 약속한 거다, 알았지?"

해나가 고개를 끄덕였다.

우리는 병실 밖으로 나왔다.

"목숨이 위태로운 건 아니야. 다만 심리적으로 많이 불안할 거야.

네가 있어 준다니 다행이다."

"제가 뭘 해야 해요?"

"그냥 곁에 있어 주기만 해도 해나한테는 도움이 될 거야. 혹시 무슨 일이 있으면 바로 전화하고. 가까이에 있을게. 미안하다."

"아니에요. 이런 거라도 해야 제 마음이 편해요. 걱정하지 마세요."

"너도 힘들 텐데 고맙다……."

진우 삼촌이 살며시 어깨를 잡아 주었다.

삼촌이 병실 복도를 따라 걷고 있다. 가방을 멘 어깨가 축 늘어져 안쓰러워 보였다. 다가가 어깨를 토닥여 주고 싶을 정도였다. 어쩌면 해나는 자신의 불행 속에 잠겨 있느라 삼촌의 뒷모습을 채 발견하지 못했을지도 모른다. 나도 마찬가지였다.

병실은 단순한 일인실이 아니었다. 내가 전에 입원한 병실도 일인실이었지만 이곳과는 사뭇 달랐다. 꽤 넓은 공간에 긴 소파와 냉장고, TV까지 있었다. 투룸으로 나뉜 건 아니지만 가벽으로 공간이 구분되어 있었다. 냉장고 위에는 보온병과 음료가 놓여 있었으며 침대 머리맡에는 복잡해 보이는 기계가 작동하고 있었다. 그리고 테이블 위의 가습기가 끊임없이 수증기를 뿜어내었다.

"근데 아무도 없는 거야?"

소파에 여자 가방이 있어서 물었다.

"삼촌, 아니 사장님 말고 누구? 혹시 우리 엄마 아빠를 말하는 거야?"

"사장님이 친삼촌인 거 알아. 그렇게 애쓸 필요 없어."

"알아?"

"응."

"치! 난 진짜 평범한 알바생으로 보이고 싶었는데 실패했네. 평범한 여고생, 뭐 이런 거 말이야."

"아무리 그래도 넌 평범하지는 않아. 다만 네가 부자라는 거에 놀랐을 뿐이야."

"내가 부잔가? 우리 아빠가 부자고 우리 엄마가 부자지. ……하긴 나도 부자구나."

해나가 피식 하고 바람 빠지는 소리를 내며 웃었다.

"내가 여기 있어도 되는지 모르겠다. 혹시 네 부모님이……."

"엄마 아빠는 안 오실 거야. 엄마는 오지 말라고 했고 아빠는 오라고 해도 오지 않을 테니까."

"왜?"

"왜가 어딨어? 그렇다는 거지. 우린 딴 얘기 하자."

"그래, 딴 얘기 하자. 대체 왜 이러는 거냐?"

자신이 가진 게 무엇인지 모르는 해나가 나는 안타까웠다. 너무 많은 걸 가지고 있어서 자신의 목숨마저 하찮게 생각하는 건 아닌지 말이다.

"그냥 죽고 싶었어. 죽고 싶었지, 진짜 죽을 생각은 아니었다고."

"그게 무슨 말이야?"

"죽으려고 한 건 아니라고."

"너……."

어이없었다. 손목을 그은 게 죽으려고 한 짓이 아니다? 해나가 제정신인지 그것부터 검사를 받아야 할 것 같았다.

"다 쇼라고 말했어."

"누가?"

"우리 아빠가. 다 틀린 말은 아니야. 음……, 연습이라고 해 두자."

"연습이라고?"

나도 모르게 소리를 지르고 말았다. 자살 기도를 쇼라고 말한 해나 아빠나, 연습이라고 한 해나나 마찬가지였다.

"하하하……. 그만하자. 이런 따분한 이야기."

"세상이 네 위주로 돌아간다고 생각하지?"

해나가 입을 다물었다.

묘한 정적이 흘렀다. 녀석을 탓하려고 한 게 아닌데 나도 모르게 원망하고 있었다.

잠시 후 해나가 침대를 세워 달라고 부탁했다. 침대 끝에 있는 손잡이를 돌려 침대를 살짝 세웠다.

"친구가 없어서 나랑 같은 종족인 줄 알았더니 아니더라?"

해나가 윗옷을 정리하면서 말했다.

"친구?"

"보령에 다녀왔다면서. 친구들 보러 간 거 아니었어?"

"맞아."

"나랑 다르네……."

"너랑 다르지. 난 부자도 아니고 부모도 없잖아."

"그런 소리는 하지 마. 어느 땐 차라리 없는 게 나을 때도 있어."

"넌 다 가지고 있으니까 그런 소리를 할 수 있는 거야."

"흐흐……. 다 가지고 있다고? 그렇지. 그렇게 보일 거야……."

해나는 더 할 말이 있는데도 말을 삼키는 듯했다. 삼켜 버린 말이 궁금했지만 묻지 않았다. 누군가의 상처를 굳이 알고 싶지 않았다. 나는 나의 상처만으로도 힘에 겨웠다.

"아빠가 널 많이 때렸다며?"

해나가 무심하게 물었다.

"응."

그래서 나도 무심하게 대답했다. 마치 밥을 먹었냐는 물음에 먹었다고 대답하는 거와 같았다.

"나도 그래."

그 소리에 깜짝 놀라 해나를 바라보았다.

"그렇게 보지 마. 나도 그렇다고."

해나도 나처럼 아버지한테 맞는 아이였다. 곱게 자라서, 너무 많은 걸 가져서 제멋대로 구는 거라고 생각했는데……. 그 애도 나와 다르지 않다니 놀라웠다.

'나는 맞는 아이예요.'

'나는 흔한 아이예요.'

'맞는 아이 처음 봐요? 널리고 널린 게 그런 아이인데.'

해나도 나처럼 이런 고백을 하는 걸 보니 말이다.

어렵게 찾은 우리의 공통점이 부모로부터 끊임없이 벌을 받는 아이라는 게 참으로 유감이었다. 해나가 가끔 멍이 들어서 온 것도 유감이고 오늘 사고도 유감이었다. 우리의 유감은 우리의 고백처럼 아무것도 아닌 일이다. 그들에게는.

"어떻게 구워삶았는지 경찰도 가벼운 훈방으로 처리했어. 무슨 자식 교육을 팔이 부러지도록 하냐고."

해나가 실소를 터트렸다.

"그래도 엄마가 있잖아."

"엄마? 아빠 돈으로 명품을 줄줄이 차려입는 게 세상 낙인 우리 엄마? 옆에서 소리소리 지르는 게 우리 엄마가 유일하게 날 위해 할 수 있는 거야. 그런 엄마를 좋아할 수 있겠니?"

"도망간 엄마보다는 낫잖아."

"그거 위로냐? 어쨌든 네가 빨리 오길 바랐어. 지구 어딘가에 나와 같은 종족이 살고 있다니까 반가웠거든."

"같은 종족?"

"나처럼 끊임없이 벌을 받는 아이 말이야. 그 아이는 어떻게 세상을 살아 내는지 알고 싶었거든."

"아……."

눈을 어디에 둬야 할지 모르겠다. 나도 맞는 아이를 처음 보았으니까.

"넌 참 무심해. 하긴 그래서 내가 널 좋아해. 눈치 못 챘지?"

"뭐라고?"

해나의 뜬금없는 고백에 말을 잃었다. 적절한 타이밍은 아니지만 어떤 감정으로 이런 고백을 하는지 조금은 알 것 같았다. ‘좋아한다’라는 말은 외롭지 않다는 말처럼 들렸다. 나 역시 아버지한테 맞을 때마다 외로웠기 때문이다. 마치 이 세상에 나 혼자 살아남은 것처럼 말이다. 그래서다. 해나를 조금은 이해할 수 있었다.

해나가 모처럼 밝게 웃었다. 나도 따라 웃고 말았다. 우리는 마주 보며 웃었다. 따지고 보면 그렇게 웃을 일도 아닌데 둘 다 웃음의 꼬리를 놓치고 싶지 않아서 길게 웃었다.

“근데, 너 그거 어떻게 한 거야?”

갑자기 해나가 정색을 하며 물었다. 웃음 끝이라 어색하기도 했다.

“뭘?”

“벌을 움직이는 거.”

“아……, 내가 뭘 하는 건 아니야. 벌이 알아서 그렇게 움직이는 거지.”

“아니야. 네가 벌을 움직이게 하는 거야. 너만 모를 뿐이라고. 어쩌면 넌 벌들에게 여왕일지도 몰라.”

해나의 말에 가슴이 싸해졌다. 내 안에서 뭔지 모를 진동이 또 울렸다. 한 번도 생각해 보지 않았다. 그 현상에 대해서.

언제부턴가 벌이 나를 따라다녔다. 꽃에 앉은 벌도 내가 가까이 다가가면 자석에 이끌리기라도 한 듯이 따라오곤 했다. 마치 나를 탐색하듯. 그 움직임이 싫지 않았다. 그래서 더 자주 엄마를 따라다녔다. 엄마는 그런 나를 걱정스럽게 바라보곤 했다.

"괜찮아요. 벌은 나를 좋아해요."

엄마를 안심시키려고 한 말이었다.

"그래도 조심해야 해. 언젠가는 여왕벌도 집을 떠나야 하거든. 영원한 여왕은 없어. 새로운 여왕이 태어날 테니까."

"난 여왕벌이 될 수 없어요."

"그런 의미가 아니야. 넌 이미 벌들에게 여왕 같은 존재일지도 몰라. 새로운 여왕이 태어나면 그땐 어떻게 달라질지 몰라. 더는 널 지켜 주지 않을지도 모르지. 벌은 비밀이 많은 존재야. 항상 조심해야 해."

엄마의 말을 이해할 수 없었는데 해나도 비슷한 말을 한 것이다.

엄마가 떠나자 벌장에 갈 일이 줄어들었다. 간혹 벌을 잊고 살기도 했다. 아버지의 폭언과 폭력은 더 잦아졌다. 나는 종종 떠나야 할 이유를 찾았지만 번번이 실패했다. 하루나 이틀 정도의 가출이나 결석으로 소심한 복수를 할 뿐이었다. 벌이 제집 찾아오듯 나는 집으로 돌아갔다. 혼자 떠나 버린 엄마는 남겨진 내게 무슨 일이 벌어질지 알고 있었을까? 쓸데없이 이런 생각을 하기도 했다.

모든 어른이 시시했다.

내가 아는 어른은 하나같이 무책임하고 무심했다. 5년 전의 진우 삼촌도 그저 그런 어른이었다. 한 달에 한 번, 혹은 두어 번 잠시 들렀다 가는, 좋지도 나쁘지도 않은 어른이었다. 조금 친절하고 내킬 때만 다정한 외부인에 지나지 않았다. 세련되고 깔끔한 옷을 입은 여러 명의 도시 사람들을 데려오는 진우 삼촌이 어느 땐 마음에 들지 않았다. 그들은 원시림에 탐험 온 사람들처럼 호들갑을 떨었고 야단스러웠으며 무례했다. 그나마 삼촌은 벌에 대한 관심과 애정이 넘쳤다는 걸 어렴풋이 기억할 뿐이다. 벌을 단순히 돈을 벌기 위한 수단으로 생각하지는 않는 듯했다. 그런 부분에서 아버지보다는 엄마와 비슷했다.

그러던 어느 날, 보령에 온 삼촌은 보지 말아야 할 것을 보았다. 아버지와 엄마의 다툼. 아니, 엄마와 내가 일방적으로 맞았다. 그날 이후 진우 삼촌은 오지 않았다. 어렸던 나는 삼촌이 아버지의 정체를 알게 되어 겁을 먹고 오지 않는 거라고 생각했다. 그즈음 삼촌이 막 좋아지려던 참이었다. 꽤 괜찮은 어른도 있다고 착각할 뻔했다. 어쩌면 우리를 구원할 어른이 진우 삼촌일지도 모른다고도 생각했다. 왜냐하면 죽도록 맞은 엄마가 나중에 진우 삼촌을 찾아가라고 말했으니까. 생각해 보면 삼촌을 따라 서울에 오게 된 것도 그 때문일지도 모르겠다.

세상의 모든 아들은 끊임없이 권력에 맞서 싸워 왔다. 더러 그 권력보다 더 큰 권력을 차지하는 아들도 있었다. 아버지의 권세와 영광을 뛰어넘는 위대한 아들 말이다. 변하지 않는 절대 진리처럼 모든 아들은 아버지의 권력에 도전한다.

하지만,

하지만 나는 가장 가까운 곳에 있는 권력 앞에 무력한 존재였다. 엄마도 지키지 못했다. 우리는 아버지의 권력으로부터 왜 도망치지 못했던 걸까? 아버지는 무슨 명분으로 우리에게 벌을 준 걸까? 우리는 무슨 원죄가 있는 걸까? 아버지의 자식으로 태어났다는 것, 우리가 그보다 나약한 존재라는 것, 온전히 아버지에게 의존해야 이 세상에서 살아남을 수 있다는 것 때문에 우리는 수시로 그 앞에 무릎을 꿇어야 했다.

나의 나약함이 그래서 싫었다. 아무리 힘을 줘 눈을 부릅떠도 아버지를 바꿀 수는 없었다. 쇄골 두 개가 부러지고 눈두덩이가 파열되어 자칫 실명할 수도 있었던 그날, 나는 똑똑히 보았다. 짐승의 목소리와 몸짓으로 나를 내리치는 그 포악한 언어와 몸짓들을.

나는 잠이 든 해나 곁에 살며시 누웠다. 형광등의 냉랭한 빛이 가득한 천장을 올려다보며 옆에 누운 그 애의 가녀린 손을 잡았다.

나도 모르게 눈물이 차올랐다. 눈물은 양 눈가 주름을 타고 귀 쪽으로 흘렀다. 나란히 눕고 보니 해나는 생각보다 더 작은 아이였다.

밀랍으로 만든 집

나는 카페 알바가 끝나면 병원으로 갔다. 해나 아빠는 나이보다 젊어 보였다. 야외에서 벌을 돌보는 진우 삼촌이랑 비슷한 또래로 보였다. 형제는 한 공간에 있는 법이 없었다. 해나 아빠가 있으면 진우 삼촌이 사라지고, 진우 삼촌이 있으면 해나 아빠가 오지 않았다.

형제는 사이가 나빴다. 해나 때문이기도 하지만 다른 이유도 있었다. 형제한테 똑같은 지분이 있는 이 건물 때문이었다. 해나의 할아버지는 돌아가시기 전에 건물의 지분을 반으로 나눠 형제에게 주었다고 한다.

나름대로 두 자식을 위한 설계를 살아생전에 해 놓았지만 인간의 탐욕이 어찌 계획대로 움직이겠는가. 두 명의 왕은 그 왕국이 아무리 풍요로워도 불행할 터였다. 전부를 가지려는 왕과 절반이라도 지키고

자 하는 왕은 결국 한 명이 죽거나 쫓겨나야 끝나는 게임을 시작한 것이다.

해나의 부모님은 무례한 사람들이었다. 해나 아빠는 나를 두어 번 만났으면서도 마치 눈에 보이지 않는 것처럼 행동했다. 한 번도 나와 눈을 맞추거나 내 인사에 반응한 적이 없었다. 심지어 해나에게는 일방적인 잔소리만을 늘어놓았다. 해나가 듣고 있는지 혹은 보고 있는지는 관심도 없었다. 제 할 말만 늘어놓는 게 일상처럼 자연스러웠다.

해나 역시 아빠가 올 때마다 모로 누워 잠을 자는 척하거나 딴짓을 하는 척했다. 해나 아빠와 눈을 맞추는 이는 아무도 없었다. 따지고 보면 해나 엄마도 크게 다르진 않았다. 이를테면 '친구는 밥 먹고 온 거야?'라고 물었지만 인사는 아니었다. 함께 밥을 먹자거나 집은 어디냐거나 혹은 어느 학교에 다니느냐는 등 물을 법한 것들을 묻지 않았다. 해나한테 얘기를 들어서가 아니라 그저 내가 궁금하지 않은 거였다. 나 역시 그들이 딱히 궁금한 건 아니어서 서운하지는 않았다. 단지 그들의 무심함이 무례하게 느껴졌을 뿐이다.

해나가 신나게 떠들 때는 주로 둘만 있거나 일을 끝낸 이후에 찾아간 어스름한 밤이었다. 우리는 Honey에서보다 병원에서 더 많은 이야기를 나눴다. 주로 해나가 말을 했고 나는 들었다. 해나는 말이 고픈 아이처럼 쉴 새 없이 떠들어 댔다. 소소한 집안사는 물론이고, 아버지에 대한 이야기를 가장 많이 했다. 할아버지가 물려준 빌딩을 가지고 사채업자처럼 사는 아버지를 혐오했다.

"이 건물이 뭔지 알아?"

"하이센터를 말하는 거야?"

"응, 이건 사람들의 살과 피를 빨아서 올린 건물이야. 고리대금이라고 들어 봤어?"

"고리대금?"

"이놈의 집구석은 대대로 돈놀이를 해서 재산을 불렸어. 가난한 사람들한테 돈을 꿔 주고 비싼 이자를 받는 거지. 언제였더라……."

해나는 오래전 기억을 떠올렸다.

"학교가 끝나고 집에 왔을 때였어. 아줌마 한 분이 집 앞에서 서성거리고 있더라고. 난 그 사람을 지나쳐 집 안으로 들어가려고 했지. 그런데 아줌마가 날 잡더니 대뜸 이 집에 사냐고 묻는 거야. 그런데 대답이 안 나오더라고. 대꾸도 않고 집으로 들어가려는데 아줌마가 뭔가를 더 물으려고 했어. 약간의 실랑이가 있었지. 그즈음 어떤 애가 납치되었다가 죽은 뉴스가 세상을 떠들썩하게 했거든. 그때 골목을 지나가던 사람이 납치 사건이 일어난 줄 알고 난리를 피웠어. 내가 무턱대고 울어 젖혔거든. 나중에 엄마가 나오고 아빠가 쫓아오고 결국에는 경찰까지 왔어. 아줌마는 아빠한테 무엇인가를 부탁하러 온 거였어. 원금도 아닌 이자를 깎아 달란 소리를 하러 왔는데, 어이없게도 미성년자 납치 미수로 경찰에 잡혀간 거야. 그때 난 말하지 못했어. 그게 아니라고, 그런 게 아니라고 말하지 못했어. 왜 그랬을까?"

"……널 납치하려는 줄 알았다며?"

"아니라는 걸 알았다니까?"

"어렸잖아. 그래서……."

"아니, 난 어렸지만 그 아줌마가 무섭지 않았어. 우리 집에 그런 모습으로 찾아온 사람이 그 아줌마 하나가 아니었으니까. 그 사람들은 대개가 비슷했거든. 비굴한 웃음을 짓거나 불쌍한 표정으로 아빠한테 매달리곤 했지. 난 그런 모습이 익숙했던 거야. 근데 그 아줌마는 불쌍한 표정을 짓지도, 비굴하게 말하지도 않았어. 오히려 당당했지. 난 그게 기분이 나빴던 거야. 어떻게 내 앞에서 저렇게 당당할 수 있는지 말이야. 그래서였어. 그래서 그 말을 하지 않았던 거야. 내 안에는 이미 더러운 피가 흐르고 있어. 남의 피와 살을 먹어 본 근성이 있었던 거지."

"네 탓이 아니야."

내가 할 수 있는 말이라곤 그것뿐이었다. 해나의 행동에 달리 변명을 해 줄 수가 없었다. 어린 해나는 지금과 달랐을지도 모른다. 자기 가족 앞에서 머리를 조아리는 사람들에게 익숙했던 해나는 아줌마의 당당함에 화가 났다고 했다. 왜 이 사람은 다른 거냐고, 왜 비굴하지 않은 거냐고 묻고 싶었다고 했다.

"아무것도 묻지 못했어. 아줌마가 나중에 어떻게 됐는지. 그건 오해라는 말도 끝내 하지 않았지. 그러니까…… 나는 나쁜 아이였어. 그러니까, 그러니까…… 벌을 받아 마땅해……."

"그렇지 않아. 세상에 벌을 받아 마땅한 사람은 없어."

"정말?"

해나가 잠시 뜸을 들이다 다시 물었다.

"……우리 사귈래?"

"뭐?"

"와, 이게 그 정도로 놀랄 일이야? 너, 눈동자가 마구 흔들린다?"

"아니거든!"

"됐다, 바보야. 그냥 농담이거든! 근데 너, 쫄았지?"

"내가 왜?"

"내가 진심일까 봐 쫄았잖아?"

"아니……."

"아니긴 뭐가 아니야. 흐흐흐."

이상하게도 해나가 자주 웃을수록, 실없는 농담을 할수록 불안감이 걷잡을 수 없이 커졌다.

해나는 가끔 창밖을 멍하니 바라보았다. 엄마가 병원에 오지 않는 날에, 아빠가 외국 출장을 갔다는 날에, 그 애는 한밤중 어둠을 오래도록 마주 보았다. 보호자 침대에 누워 해나의 뒷모습을 볼 때면 이상하리만치 서늘했다. 해나와 함께 백색 빛이 가득한 방에 갇혀 서로의 등을 지켜보고 있는 것 같았다. 내색하지 않았지만 우리는 춥고 쓸쓸했다. 세상 그 무엇도 우리를 구원할 수 없다는 걸 이미 알아버린 존재들처럼.

해나는 일주일 만에 퇴원했다. 그리고 다음 날부터 Honey에 출근했다. 그러니까 자살 시도로 바뀐 건 아무것도 없었다. 그 애는 여전히 제멋대로였고 나도 그 일 때문에 달리 행동하고 싶지 않았다.

그런데 진우 삼촌은 모든 일정을 뒤로 미루었다. 이번 일로 삼촌은 해나를 잃을지도 모른다고 생각한 것 같았다.

"당분간 나오지 말라니까?"

"괜찮다니까."

더는 연기가 필요 없어진 해나는 이제야 편하게 삼촌을 대했다. 반말을 하니까 오히려 명확하게 관계가 드러나 나도 속이 편했다. 굳이 내게는 들키고 싶지 않은 비밀이었다고 한다. 어떤 편견도 없이 자신을 바라봐 주길 바랐고 어느 정도 성공했다고 믿는 모양이었다.

어떤 면에서 나도 비슷했다. 그래서 해나가 좋았는지도 모르겠다. 아버지를 죽였을지도 모르는 아이가 아니라, 엄마가 도망가 버린 아이가 아니라, 그저 평범한 아이로 바라봐 준 유일한 아이였으니까. 누군가의 배경은 그 사람을 알아 가는 데 가장 큰 장애물이 되기도 한다. 그런 면에서 해나와 나는 다르지만 같았고, 같지만 다르기도 했다.

어쨌든 삼촌은 해나의 행동 하나하나에 잔소리를 했다.

"쟁반 들지 말라고 했잖아!"

"손으로 거길 짚으면 어떻게 해?"

"어허, 위험하다니까."

덕분에 바빠진 건 오히려 나였다.

해나와 진우 삼촌이 실랑이를 벌일 때마다 누구 편을 들어야 할지 난감했다. 급기야 해나가 하루도 지나지 않아 삼촌에게 선전 포고를 했다.

"벌들을 다 죽일 셈이에요? 벌들이 멸종하면 4년 안에 지구가 멸망한다면서요? 지구를 구할 거예요, 절 구할 거예요?"

"……당연히 벌도 구해야지. 벌이 없다면 너희도 없을 텐데."

삼촌이 제자리를 찾기까지 시간이 걸렸지만 해나의 귀여운 으름장에 비로소 Honey가 정상적으로 돌아가기 시작했다. 해나 아빠가 찾아오지 않았다면 그 시간이 더 길었을 터였다.

어느 늦은 오후에 해나 아빠가 Honey에 왔다. 운동을 하고 온 건지 골프 웨어를 입고 있었다. 운동복 차림이었지만 말쑥해 보이는 해나 아빠는 자세히 보니 해나와 많이 닮았다. 해나는 병원에서 아빠와 대화다운 대화 같은 걸 나눈 적이 없었다. 병원은 해나가 말하지 않아도 되는 안전한 공간이었기 때문이다. 하지만 이곳은 달랐다. 해나 아빠는 대화를 하겠다고 작정하고 온 듯했다. 해나는 긴장한 표정을 숨기지 못했다.

반면 해나 아빠는 느긋한 움직임으로 카페를 둘러보더니 편안한 자세로 소파에 앉았다. 사는 동안 한 번도 불편함이라는 걸 겪어 보지 않은 듯이 보였다.

"이리 와 봐."

해나 아빠가 여전히 나를 무시한 채 해나를 향해 손을 까딱였다. 해나가 어린 짐승처럼 순순히 아빠 앞에 앉았다. 그 모습이 더없이 작아 보였다.

"이렇게 빨리 퇴원하면 어떻게 해? 네 엄마도 참 딱하다. 애가 그러고 싶어 한다고 그냥 퇴원을 시키다니……."

"……."

해나는 몹시 주눅이 들어 있었다.

"여기가 그렇게 좋아?"

해나 아빠가 다시 물었다.

"……좋아요……."

해나가 간신히 내뱉듯이 대답했다.

당당하고 자신만만했던 모습은 온데간데없었다. 또박또박하던 말대꾸와 날아갈 듯이 가벼웠던 유머도 실종되었다. 잔뜩 겁을 먹은 아이만 남자 앞에 무력하게 앉아 있었다.

"언제 저런 걸 죄다 모아서 심은 거야? 정신 사납게. 아래층 방역을 해도 벌레가 나온다고 컴플레인이 들어오는 게 다 여기 때문이었네. 손님도 없는데 진우가 네 월급은 제때 주는 거야?"

해나 아빠가 혼잣말처럼 중얼거리다 못마땅하단 표정을 지으며 해나를 다그쳤다.

"말 좀 해라, 말 좀 해!"

"……월급 줘요."

"얼마나?"

"시급으로 계산해 줘요."

"그러니까 시급이 얼마냐고?"

"……."

마치 취조하듯이 묻는 말에 해나는 그나마 열던 입을 닫고 말았다.

"이것도 사업이라면 사업인데 애들한테만 맡겨 놓고 뭐 하는 짓인지. 그놈의 벌이 그리 좋으면 어디 시골에라도 내려가서 그거나 키우든지 말이야. 진우 오면 말해. 시골로 간다면 내가 그건 해 줄 수 있다고. 알았어?"

해나가 아무런 대답도 하지 않자 해나 아빠가 재차 물었다.

"알았냐고?"

그때였다. 도무지 입을 열 것 같지 않던 해나가 고개를 들었다.

"안 갈 거예요. Honey를 포기하는 일은 없을 거라고요."

"뭐라고?"

해나 아빠가 세게 말하자 이내 고개를 숙이며 작은 소리로 중얼거렸다.

"여길 포기하지 않을 거라고요……."

"이게 제 거라던? 여기서 그놈 건 하나도 없어. 알아들어?"

해나 아빠가 벌떡 일어서자 해나가 어깨를 움찔했다.

그대로 카페를 나갈 줄 알았던 해나 아빠는 가게 구석구석을 살폈다. 강의실에 들어가 천장을 살피기도 하고 심지어 정원까지 꼼꼼하게 둘러보았다. 벌통 앞에서는 꽤 오랜 시간 서서 지켜보기도 했다.

그러는 동안에도 해나는 그 자리에서 꼼짝도 하지 않았다. 마치 자신을 보이지 않는 방에 가둔 것처럼 다른 세상에 있는 듯했다. 해나가 아버지의 폭력으로부터 도망친 방이었을 거다. 해나 아빠는 삼십 분 남짓 Honey에 머물렀지만 해나가 현실로 돌아오기까지는 시간이 걸렸다.

밖이 조금씩 어두워지고 있었다. 해나는 아빠가 왔다 간 이후로 내 얼굴을 제대로 쳐다보지 않았다. 부끄러워서일까? 우리는 종종 그랬다. 아버지라는 존재가 마치 나의 부끄러움인 양 느껴질 때가 있었다. 한 번도 친구를 집으로 초대하지 못했던 이유도 그래서였다. 내가 맞고 사는 아이라는 걸 들키고 싶지 않아서였다. 왜 부끄러워해야 하는지 우리는 알지 못한다. 지금의 해나도, 과거의 나도.

손님이 들고 나가고 한참이 지나서야 해나도 점점 제 모습을 찾아갔다.

“너희 아버지가 다녀갔다고 삼촌한테는 말하지 않는 게 낫겠지?”

해나에게 묻자 고개를 끄덕였다.

“내 생각에도 그래……. 왜 왔을까?”

“못 올 곳도 아니잖아.”

“여기엔 아무것도 없는데…….”

“네가 있잖아. 네 아버지 딸인 너.”

“나?”

해나가 그제야 나를 바라봤다.

“응.”

그러자 해나가 피식 하고 웃었다.

“아니, 자기 왕국이겠지.”

벌들의 왕국인 벌집은 벌의 몸 안에 있는 분비물로 만들어진다. 유일하게 집을 짓는 재료를 밖에서 구하지 않는 생물이 벌이라고 한다. 태어난 지 보름 정도 된 벌들은 왕성하게 밀랍샘이 발달한다. 꿀벌의 배를 보면 네 쌍의 밀랍샘에서 밀랍이 분비되는데 이렇게 생긴 밀랍 조각을 자신의 분비물과 잘 섞어 벌집을 만든다. 중간 규모의 벌집에는 대략 10만 개의 방이 있다. 그러니까 10만 개의 방을 만들려면 1,200그램의 밀랍이 필요하고 7.5킬로그램의 꿀이 소모된다고 한다.

이들이 왕국을 완성하기까지는 자신의 살과 피와 더불어 생명과도 같은 꿀이 필요한 것이다.

진우 삼촌은 무엇으로 Honey를 만들었을까?

이곳은 평범한 옥상이었다. 누군가 버리고 간 사무기기들이 널려 있었다고 했다. 그런 옥상에 무엇인가를 만들겠다는 삼촌의 제안을 해나 아빠가 처음부터 환영한 것은 아니었다. 카페며 야외 정원이며 이런 걸 상상한 것은 아니었지만 쓸모없는 공간이 돈이 될 거라는 계산이 있었다.

해나 아빠의 바람대로 Honey는 명동에서 꽤 안락한 명소가 되었다. 하지만 카페가 잘될수록 그의 발목을 잡았다. 하이센터가 도시 양봉이라는 공정 기업의 형태로 미디어에 소개되는 바람에 착한 이미지를 유지해야만 했다. 해나 아빠가 결코 원하지 않았던 결과였지만 가장 골치 아픈 걸 해결해 주긴 했다. 해나가 Honey 덕분에 세상 밖으로 나왔으니까.

학교를 그만둔 해나는 은둔형 외톨이로 지냈다. 해나의 대인 기피증은 공황 장애와 함께 왔다. 진우 삼촌의 오랜 설득 끝에 Honey에 나오게 되었고, 마침내 이곳이 그 애의 세상이 되었다. 해나의 표현을 빌리자면 이곳은 자신의 일부라고 했다. 밀랍을 만들어 낸 벌의 무엇처럼 해나의 무엇인가가 이곳에 있다는 걸 어느 순간 나도 믿게 되었다.

"여기를 왜 그렇게 지키고 싶은 거야? 진우 삼촌 때문이야?"

해나에게 물었다.

"나 그렇게 착하지 않아. 난 여기가 좋아."

"너, 그거 알아?"

"뭘?"

"넌 정말 비싼 놀이터를 가진 아이야. 여기 말이야. 누구도 이런 걸 가질 수 없지."

해나가 잠시 말을 잇지 못하고 나를 빤히 바라보았다.

"……여긴 내 놀이터가 아니야."

"그럼 뭐야?"

"나한테 여긴 집이라고. 유일한 내 집. 아니, 삼촌한테도 여긴 집이야. 밖을 봐."

해나가 창밖을 바라보았다. 다시 들인 벌통과 진우 삼촌이 가꾼 꽃과 나무의 잎들이 색을 바꾸고 있었다. 나무와 억새가 가을 햇살 속에 일렁거렸다. 도시의 어느 건물 옥상에서 가을이 시작되고 있었다. 위태로워 보여도 해나와 삼촌에게는 마지막 왕국일지도 모르겠다.

방문자들

진우 삼촌이 계란프라이를 하고 나는 시리얼에 우유를 따랐다. 카페에서 물러져 쓰지 못한 과일을 가지고 와 시리얼에 넣어서 먹으면 꽤 훌륭한 아침 식사가 되었다. 간단한 아침이지만 든든한 식사이기도 했다.

“프라이 하나 더 먹을래?”

진우 삼촌이 아침을 먹을 때마다 하는 말이다.

“아니요.”

물을 때마다 내 대답은 같았다. 그래도 포기하지 않는 이유를 잘 모르겠다. 나중에는 습관 같은 거라고 이해하기로 했다. 하긴, 이 말도 안 하면 그나마 한마디의 말도 없이 우리의 아침 식사가 끝날 것이다.

각자 휴대폰을 보면서 아침을 먹고 내가 몇 개 되지도 않는 그릇을 설거지하는 사이에 삼촌은 나갈 준비를 마저 하는 게 순서였다. 그런데 오늘은 삼촌이 아침을 다 먹자마자 메모지 한 장을 내밀었다.

"이거 받아."

"뭐예요?"

시리얼 그릇에 남은 우유를 마시며 메모지를 보았다. 순간 '이진숙'이라는 이름이 눈에 확 띄었다.

나는 그릇을 내려놓고 종잇조각을 째려보기만 했다. 불경한 무엇이라도 되는 양 차마 메모지에 손을 댈 수가 없었다.

"엄마가 계신 곳의 주소랑 전화번호야."

"그래서요?"

"네가 궁금해할까 봐……."

"제가 귀찮은 거면 집에서 나갈게요. 이딴 건 필요 없어요."

엄마가 등장하기엔 너무 늦은 감이 있었다. 엄마가 등장할 타이밍은 그때여야 했다.

아버지가 죽은 직후에,

내가 아무도 없는 병실에 누워 있을 때,

당장 병원에서 나가면 어디로 가야 할지 막막했을 때,

서울로 올라와 진우 삼촌의 옥탑집이 너무 높은 데 있어 두려웠을 때 말이다.

그런데 지금이라니, 왜 지금이어야 했을까?

"그런 거 아니야. 여긴 네 집이고 난 너랑 사는 게 좋아. 하지만 네 엄마 소식을 너한테 알려 줄 의무는 있어."

진우 삼촌이 낮은 목소리로 말했다.

"의무라면서 절 쫓아내고 싶은 거잖아요? 엄마라는 사람한테 절 떠넘기려고 하는 거 알아요."

"연우야……."

진우 삼촌이 날 물끄러미 바라보더니 이어서 말했다.

"난 널 버리지 않아. 그러니까 너도 날 버리지 마."

삼촌은 가만히 일어나 내 그릇과 자신의 그릇을 챙겨 싱크대로 향했다. 설거지가 끝날 때까지 삼촌의 등을 바라보았다.

삼촌의 진심을 안다. 이제는 의심하지 않는다. 그런데도 나는 그 진심을 뿌리치고 싶었다. 아니, 삼촌의 진심이 아니라 저 메모지를 뿌리치고 싶었다. 내가 직접 할 수는 없으니 삼촌에게 대신 해 달라고 지금 떼를 쓰는 건지도 모른다.

"준비 안 해? 오늘 알바 안 갈 거야?"

삼촌이 물었다.

나도 서둘러 나갈 준비를 했다.

Honey에 와서도 옥탑집 식탁 위에 놓아 둔 메모지가 온종일 신경이 쓰였다. 그사이 메모지가 사라져 버리거나 누군가 없애 버릴 수도 있다는 상상을 했다. 그러다 이런 상상을 하는 내가 우스웠다. 차라리 없어져 버리면 이런 생각도 하지 않을 거라며 마음을 다독였다.

정오가 지나고 해나가 나오기만을 기다렸다. 한 시면 나오는 녀석인데 어찌 된 일인지 십 분이 넘도록 오지 않았다. 알바를 아무 개념 없이 하는 녀석이었다.

"해나, 오늘 안 와요?"

참다못해 아침부터 야외 정원에서 일을 하는 진우 삼촌에게 물었다.

"그런 말 못 들었는데?"

"전화해서 따끔하게 혼 좀 내세요."

"왜? 무슨 일 있어?"

"알바를 제멋대로 하잖아요. 시간도 안 지키고!"

"아, 그건 그렇지. 알았어. 이따 오면 혼 좀 낼게. 삼촌 화나면 무서워."

왠지 삼촌이 놀리는 것 같아 더는 말하고 싶지 않았다.

해나는 삼십 분이나 늦게 카페에 왔다. 늦게 온 해나도 마음에 들지 않았고 온종일 재수도 없었다. 급기야 컵을 깼다. 한 번도 그런 적이 없었는데. 모든 게 그 종이 쪼가리 때문이었다.

"도대체 왜 그래?"

해나가 물었다.

"뭐가?"

"알면서 또 모른 척한다."

"나도 몰라. 너……."

무엇인가를 말하려 했는데 그만 잊고 말았다.

"나, 뭐?"

"잠깐만 있어. 집에 갔다 올게."

무슨 말을 하고 싶은 건지 이제야 생각났다. 일단 뛰기 시작했다. 야외 정원을 손질하던 진우 삼촌이 날 불렀지만 그 소리는 옥상 계단을 달려 내려가는 내 귓가를 스칠 뿐이었다.

오늘따라 명동에 사람들이 좀 있었다. 음악 소리에 귀가 웅웅거렸다. 푸드 트럭과 그 주변을 둘러싼 몇몇 사람들이 보였다. 나는 뛰다 말다 하면서 집으로 갔다.

옥탑이 있는 곳까지 단숨에 올라갔다. 1층 자장면집은 손님이 있는지 떠드는 소리가 계단까지 울렸다. 2층 술집은 아직 문을 열기 전이었다. 3층 심부름센터는 문이 열려 있었지만 가림막 때문에 안이 보이지 않았다. 숨이 턱 밑까지 차올랐다. 심장이 터질 듯이 뛰었다. 문 앞에 서서 숨을 골랐다. 막상 문 앞에 서자 바로 들어가지 못했다.

나는 무엇을 확인하고 싶었던 것일까? 터무니없는 이 감정이 싫어서 빨리 털어 내고 싶었던 것일까? 과연 털어 낼 방법이 있긴 할까? 알고 있다. 절대로 털어 낼 수 없다는 걸.

카페로 돌아와 아무 일도 없다는 듯이 일을 했다. 해나가 아무것도 묻지 않아서 다행이라고 생각했다. 그런데 한 시간도 참지 못하고 내가 먼저 해나에게 집에서 가져온 메모지를 보여 줬다. 해나는 메모지를 한참 동안 보았다. 엄마 이름과 전화번호, 그리고 주소만 있을 뿐인데 다른 게 적혀 있기라도 한 듯이 유심히 살펴보았다.

"왜, 뭐가 이상해?"

"생각하는 거야."

"무슨 생각?"

"이곳에 어떻게 가야 할지 머릿속에 그려 보는 거라고."

"누가? 내가? 내가 거기에 왜 가?"

"가게 될 거야."

해나가 메모지를 내게 주고는 주방으로 들어갔다.

다음 날 우리는 사북으로 가는 기차를 타기 위해서 청량리로 향했다. 해나가 없었다면 가능하지 않을 터였다. 카페가 쉬는 날이었고 진우 삼촌에게는 친구를 만나러 보령에 가야 한다는 핑계를 댔다.

이것도 여행이라면 기차 여행은 처음이었다. 처음, 그 일이 있은 후 모든 게 처음이었다. 경찰이 드나드는 것도 처음이었고 낯선 사람과 살아 보는 것도 처음이었다. 서울에 사는 것도 처음이었고 카페에서 알바를 하는 것도 처음이었다. 아버지가 죽은 것이 처음인 것처럼 집 나간 엄마를 찾아가는 것도 처음이었다.

처음이 두려운 건 상상 때문일지도 모른다. 상상하지 않았다면 기대감도 없을 테고 기대감이 없다면 집착 또한 없을 것이다. 기대에 미치지 못할까 봐, 집착이 집착으로 그칠까 봐 지금을 두렵게 만든다.

어른이 되면 처음 하는 모든 일이 익숙해질까? 어른에게는 진정 처음이 없는 걸까? 그렇다면 빨리 어른이 되고 싶다. 나의 처음이 점점 힘에 부쳤다.

기차가 덜컹거려서 자꾸만 잠에서 깼다. 게다가 이 기차는 많은 역에서 정차했다. 해나는 여전히 휴대폰으로 무엇인가를 열심히 검색하고 있었다. 이 여행을 휴대폰 하나로 해결한 것처럼.

"안 졸려?"

해나가 보는 휴대폰 화면을 보며 물었다.

"준비를 해야지, 준비를."

해나는 휴대폰에서 눈도 떼지 않고 대답했다.

"무슨 준비?"

"엄마를 찾지 못하면 바로 돌아올 수 있는 기차가 있는지 알아봐야 하고, 만난다면 어디를 가야 할지도 알아봐야지."

"다 필요 없어."

"왜?"

그제야 나를 바라보았다.

"그냥 보고만 올 거야."

"몰래 보기만 한다고?"

"응."

"장난해? 거기까지 힘들게 갔는데 보기만 한다고?"

"그렇다니까."

"그럼 뭐 하러 가? 사진 하나만 보내 달라고 하면 해결될 걸?"

해나가 비웃었다.

"……만나서 할 이야기가 없단 말이야."

"만나 보지도 않고 어떻게 아냐? 너, 무서운 거지?"

해나가 비웃다 못해 이제는 겁쟁이라고 말하고 있었다.

"아니거든."

"날 실망시키지 마."

"어째서 네가 실망하는데?"

"나 지금 무진장 설레거든."

"또 오버한다."

"오버 아니야. 나는 절실하게 감동이 필요해. 그래야 인간을 사랑할 수 있을 테니까."

"넌 이미 사랑이 충분해. 이걸 통해 감동받을 생각은 조금도 하지 마."

"싫어! 그건 내가 알아서 할 거야."

해나가 웃었다.

나도 해나처럼 감동이 필요한 건 아닐까? 그래서 이 여행에 따라나선 건 아닐까? 차라리 기대감이 아닌 감동 따위가 필요해서 왔다면 이 방문은 그리 나쁘지 않은 선택일지도 모른다. 배신보다야 실망이 더 나을 테니까.

해나와 나를 포함에서 네 명만 하차한 사북역은 하늘빛부터 달랐다. 긴 철길을 따라 펼쳐진 하늘이 같은 색으로 풀어져 숲과 만나고 있었다. 숲은 아직 가을과 만나지 못한 듯했다.

역을 빠져나오니 썰렁한 변두리처럼 허전한 상가들이 자리했다. 해나와 나는 당장 배가 고팠다. 열린 식당을 찾아 상가 주변을 걸었다. 대부분의 식당이 문을 닫았다. 그나마 열어 놓은 가게도 장사를 하고 있는지 알 수 없을 정도로 사람이 보이지 않았다.

"여기서 먹자."

해나가 나를 편의점으로 이끌었다.

"이럴 땐 여기가 가장 안전해."

해나가 진열대를 둘러보며 말했다.

우리는 편의점에서 컵라면과 김밥을 사서 밖에 있는 파라솔 테이블 아래에 앉았다. 지나가는 몇몇 사람이 우리를 힐끔거렸다. 나는 그런 사람들을 꼼꼼하게 살피며 라면을 먹었다. 그러다 보니 어느새 건더기가 사라져 버렸다.

"휴대폰 좀 그만 봐."

그나마 라면 국물이 허기를 채워 줬다.

"그래도 먹을 건 다 먹거든. 그 김밥 다 안 먹을 거지?"

해나가 내가 남긴 김밥을 가져갔다.

휴대폰을 보면서도 라면과 김밥을 알뜰하게 먹는 해나가 신기했다.

"여기서 택시 타고 들어가는 게 낫겠다. 걷기에는 좀 먼 것 같아."

"거기에 가면 그 사람이 있을까?"

"그 사람? ……모르지."

해나가 날 쳐다봤지만 아무렇지 않은 척 쓰레기를 치웠다.

우리는 결국 택시를 타지 못하고 시내까지 걸었다. 택시도 없을뿐더러 라마다 호텔까지 가자고 하기에는 꽤 용기가 필요했기 때문이다.

역 앞에 있는 몇 안 되는 상가를 빠져나오자 시장이 나왔다. 오히려 이곳에 식당이 꽤 있었다. 건물들은 낮고 허름했다. 한낮인데도 식당에서 벌써 술을 마시는 이들도 있었다. 남자들의 걸쭉한 말소리가 좁은 시장 골목까지 들려왔다.

진우 삼촌이 건넨 메모지를 보고 지역 번호가 033인 이곳에 전화를 걸었다. 라마다 호텔이라고 했다. 이름만으로는 외국의 유명 휴양지가 떠올랐다. 스페인어로 ramada의 rama는 나뭇가지를 뜻한다. 나뭇가지를 올린 곳이니 우리나라 말로는 넝쿨이 있는 정자 비슷한 거다.

보령의 집에도 등나무로 된 작은 정자가 있었다. 하이센터의 옥상에서 가장 먼저 눈에 들어온 것도 등나무 넝쿨이 드리워진 정자였다. 벽이 없는 기둥에 오로지 나뭇가지로 지붕을 얹은 곳. 잠시 쉴 수 있는 곳, 오래 머물기엔 헛헛한 곳. 결코 집이 될 수 없는 곳에서 엄마는 지금도 살고 있다.

보령 집을 찾아온 방문객들은 늦도록 등나무 정자에서 술을 마시곤 했다. 금방이라도 쏟아질 것처럼 하늘에 뜬 별을 머리에 이고 낮에 보았던 벌에 대해서 이야기했다. 그곳에 앉은 사람들은 하나같이 행복해 보였고 하나같이 할 말이 많았다. 엄마와 나는 밤이 늦도록 소란스럽게 떠들어 대는 이들의 소리에 귀를 기울였다. 적어도 그런 밤에는 엄마와 내가 편히 쉴 수 있었다.

잠시 후면 내가 방문자가 되어 엄마의 정자를 찾을 것이다. 방문자들은 알지 못한다. 잠시 쉬어 갈 뿐, 그곳이 얼마나 치열한 인생이 머무는 곳인지.

해나와 나는 조금 가파른 언덕을 막 넘었다. 라마다 호텔이라고 쓰인 붉은 간판이 보였다. 간판보다 더 낡은 4층짜리 여관이었다.

라마다 호텔

사북 시내가 끝나 가는 지점에 라마다 호텔이 있었다. 대로변에서 조금 안쪽으로 들어간 곳이었다. 휑한 주차장에는 낡은 차 한 대가 주차되어 있었고 마당은 잘 정돈되어 있었다. 낮은 울타리 대신 코스모스가 흐드러지게 펴 울타리를 대신했다. 코스모스에는 가을 벌들이 날아다녔다. 그래서인지 호텔보다 주차장이 더 깨끗한 느낌이었다.

길목에 서서 누군가를 기다리기엔 애매한 곳이었다. 주차장은 뻥 뚫려 있었고 사방에 낮은 건물조차 없었다. 휑한 들판의 이면 도로 옆에 어정쩡하게 자리한 탓에, 주차되어 있는 낡은 차 한 대가 그나마 이곳이 여관임을 알려 주는 이정표 역할을 했다. 우리는 어쩔 수 없이 주차장을 지나 유리문을 열고 안으로 들어갔다.

"방 있어요?"

해나가 거침없이 물었다.

아무런 준비도 못한 나는 순간적으로 당혹감을 느꼈다.

입구에 있는 작은 사무실 창이 벌컥 열렸다. 이곳이 카운터였다. 사장으로 보이는 아줌마가 고개를 빼고 우리를 보았다.

“너희끼리 왔니?”

“아빠랑 같이 왔어요. 카지노에 계신데 여기로 가서 방부터 잡으래요. 작년에 여기서 묵으셨다고 했어요.”

“그래?”

사장 아줌마가 의심스러운 눈초리로 나와 해나를 번갈아 쳐다봤다.

나는 일부러 건들거리며 이 상황이 대수롭지 않다는 걸 온몸으로 표현했다.

“여기서 일하는 아줌마도 잘 아시던데요? 좀 마르고 오른쪽 뺨에 흉터가 있는 분이 무진장 친절하다고 했어요.”

“아, 연희 엄마가 친절하지. 세 명이니까 일층 저 끝 방을 줘야겠네. 거기가 좀 크거든. 방값은 아빠가 오셔서 계산하시니?”

“아니요, 먼저 계산하라고 하셨어요.”

해나가 얼른 지갑에서 돈을 꺼냈다.

“며칠이나 있을 거야?”

“오빠, 아빠가 내일까지라고 했지?”

해나가 내게 물었다.

“어……, 어엉.”

고개를 끄덕이는데 얼굴이 화끈거렸다.

사장 아줌마가 열쇠를 들고 사무실에서 나왔다. 좁은 복도 벽에는 노란색 바탕에 붉은 꽃이 그려져 있었다. 어둡고 꿉꿉한 냄새가 풍겼는데, 알록달록한 벽지 때문에 이상한 세계로 들어가는 통로 같았다. 언젠가 보았던 영화의 한 장면 같기도 했다.

사장 아줌마가 열쇠를 주고 방을 나가자 뛰던 가슴이 진정되었다. 거침없던 해나도 그제야 방바닥에 주저앉으며 한숨을 내쉬었다.

"가슴이 터지는 줄 알았네!"

해나가 그대로 방바닥에 쓰러졌다. 겉으로는 센 척했지만 녀석도 긴장한 듯했다.

알면 알수록 정말 놀라운 아이였다. 엄마에 대해서 물었을 때 이런 저런 얘기 끝에 흉터에 대해서 말한 적이 있는데, 그걸 임기응변으로 써먹었다. 결국 아버지가 만든 흉터가 표식이 되어 엄마를 찾는 단서가 된 셈이었다.

어쨌든 라마다 호텔에는 이진숙 씨가 살고 있는 게 분명했다. 뺨에 흉터가 있는 연우 엄마가 아닌 연희 엄마로 말이다. 연우 엄마, 연희 엄마, 무엇을 숨기기 위해서 내 이름까지 바꾸어 가며 이곳에 있는 것일까? 아버지가 무서워서였을까? 아니면 내가 찾아올까 봐 두려웠던 걸까?

해나는 누운 채로 잠이 들었다. 딱히 할 일이 없던 나는 우두커니 앉아 해나를 보는 게 전부였다. 무척이나 고단했는지 해나는 작게 코를 골았다.

잠시 후 열쇠를 들고 조용히 밖으로 나왔다. 방문을 잠그고 여러 번

손잡이를 돌려 확인했다. 시내로 나가서 물이라도 사 와야 할 것 같았다. 일단 편의점에 들러서 물과 해나가 좋아하는 스니커즈 초콜릿을 샀다. 과자도 몇 개 골랐다.

라마다 호텔을 찾아갈 때는 꽤 먼 거리라고 느꼈는데, 시내로 가다 보니 생각보다 가까운 거리였다. 여관 주차장으로 막 들어가려는 순간 노란 유치원 차가 입구에 섰다. 차에서 아이 한 명이 뛰어내리더니 내 곁을 지나 여관으로 쏜살같이 달려갔다. 노랑 가방에 까만색 매직으로 대문짝만하게 쓴 이름이 보였다.

'김연희'

김연희는 실제로 존재했다. 김연우를 달리 부른 이름이 아니었다.

순간, 나도 모르게 아이를 부르고 말았다.

"연희야!"

아이가 뛰다 말고 뒤돌아 나를 보았다.

"네!"

아이는 씩씩하게 대답했다.

김연희는 '이진숙' 씨를 닮았다. 쌍꺼풀이 없는 큰 눈이 그랬고, 작은 입술이 그랬다. 김연희는 '김석진' 씨를 닮았다. 넓은 이마와 짧은 인중이 그랬다.

"네가 김연희구나?"

"오빤 누구예요?"

"나? 나는 김연우야. 너는 김연희고."

"아, 그러네!"

연희가 웃었다. 붉은 뺨이 한껏 올라갔다.

“몇 살?”

“여섯 살이요. 은하 유치원 무지개반이에요.”

“엄마 이름이…….”

“이진숙! 아빠 이름은 김석진! 우리 아빠는 서울에서 회사 다녀요.”

가슴이, 가슴이 아팠다. 심장 한가운데가 뻐근했다. 아버지한테 맞을 때도 아프지 않았던 가슴이 저릿저릿했다.

연희는 말갛게 웃고 있다. 붉은 뺨이 반짝이는 천사 같았다.

“여기가 집이야? 오빠도 오늘은 여기 살거든.”

“오빠 집도 여기예요? 우리도 여기가 집인데.”

“응, 오빠도 여기가 집이야. 오늘은…….”

“우리 엄마는 지금 없어요. 저기 꼬망네 집에서 일해요. 대신 막자 이모는 있는데 만나 볼래요?”

“그렇구나. 나중에 만날게. ……오빠가 이거 줄까?”

검은 봉지에서 초콜릿을 꺼냈다.

“음……, 엄마가 먹지 말래요.”

연희는 초콜릿을 보면서 잠시 고민했다.

“초콜릿 먹으면 안 돼?”

“초콜릿, 사탕, 과자, 음……, 그리고 또 뭐였더라? 다 먹지 말라고 했어요. 아저씨가 주는 건 아무것도 먹지 말래요.”

“맞아, 낯선 사람이 주는 건 먹으면 안 돼. 나중에 먹고 싶으면 날 찾아와.”

그때 여관 현관에서 사장 아줌마가 연희를 불렀다. 연희가 말한 막자 이모가 사장 아줌마인 것 같았다.

"안녕히 가세요!"

연희는 고개를 숙여 내게 인사를 하고는 사장 아줌마를 향해 뛰었다. 난 멀거니 그 모습을 오래도록 쳐다봤다.

연희는 나풀나풀 한 마리의 나비처럼 날아 사장 아줌마에게 안겼다. 유치원 가방이 더 샛노랗게 보였다.

방에 살그머니 들어갔는데 해나가 창가에 서 있었다. 연희와 나의 만남도 지켜본 듯했다. 나는 해나에게 과자 봉지를 주고는 바로 화장실로 향했다. 변기 뚜껑을 내리고 그 위에 앉았다.

가슴이 끊임없이 울렁거렸다. 울렁거림이 자꾸만 차고 넘쳤다. 역류하듯 덩어리가 올라왔다. 밑도 끝도 없이 눈물이 흘렀다. 눈물 덩어리가 녹지도 않고 쏟아지는지 가슴과 눈에 통증이 느껴졌다. 너무 힘에 겨워 머리를 무릎에 묻었다.

해나가 화장실 안으로 들어왔다.

빌어먹을, 화장실 문을 잠그지 않았다.

해나가 가만히 내 머리 위에 손을 얹었다. 내 뒤통수에 해나의 얼굴이 닿았다. 따뜻하고 다정한 숨소리가 들렸다.

처음으로 소리 내어 울었다. 화장실 가득 내 울음이 차고 있다.

"걔가 연희야?"

해나가 물었다.

"응."

"동생인 거지?"

"아마도."

"미워?"

"모르겠다."

"그래, 그건 진짜 모르겠다."

내가 아무 말도 하지 못하자 해나가 물었다.

"엄마를 기다릴 거야?"

"아니, 난…… 지금 가고 싶어."

"어디에? 엄마한테?"

"우리 집으로. 진우 삼촌이 있는 집으로 가고 싶어."

"……그래, 가자."

해나가 일어섰다.

우리는 라마다 호텔을 나와 한참 전에 걸어 들어간 길을 되짚어 나왔다.

이제는 내리막이 된 길을 지나 드문드문 있던 가게와 집을 지나서 시내로 들어갔다. 파출소가 있는 시내를 통과하여 시장 골목으로 들어가려 했다. 시장 입구 2층 건물 벽에 큰 벽화가 있었다. 아까는 등지고 가느라 보지 못했는데, 마주 보고 걸으니 그림이 잘 보였다.

탄광촌 인부 세 명의 얼굴이 벽면을 가득 채우고 있었다. 인부들은 탄광에 들어갈 때 쓰는 전등이 박힌 안전모를 쓴 채 활짝 웃고 있었다. 석탄이 묻은 얼굴 위로 주름이 깊었다. 웃고 있는 남자들의 눈이 반짝였다. 화가는 눈을 반짝이게 보일 요량으로 그렇게 그렸는지도 모르겠다. 하지만 나는 그 반짝임이 눈물처럼 보였다. 보는 사람마다 그림이 다르게 보인다는 건 잘 그린 그림일 거다. 비록 시장통에 그린 그림일지라도.

어쨌든 그림을 보지 않았다면 이곳이 탄광촌이었다는 걸 잊을 뻔했다. 지금 사북의 모습과는 몹시도 어울리지 않는 그림이었지만 왠지 저 그림은 저 벽이 아니면 안 될 것 같았다.

시장 골목 안으로 들어서자 여전히 시끄러운 곳이 있었다. 가게의 간판을 확인했다. '꼬막네'였다. 연희가 말한 '꼬망네'가 이곳이었다. 해나도 내 시선을 느꼈는지 그곳을 바라보았다. 우리는 먼발치에 서서 그곳을 지켜봤다.

남자 여섯 명이 대낮부터 술을 마시고 있었다. 어찌나 큰 소리로 말하는지 우리가 선 건너편까지 대화가 드문드문 들릴 정도였다. 그들 중 한 명이 돈을 딴 듯했다. 얼마가 들었는데 얼마를 땄다는 소리가 들렸다. 며칠 만에 터진 잭 팟이라는 소리도 했다.

강원랜드에서 멀지 않은 곳이라는 걸 해나한테 이미 들었지만 그들의 이야기를 들으니 새삼 실감이 되었다. 폐광된 마을을 카지노로 만들어 라스베가스처럼 만들겠다던 패기는 그 어디에서도 찾아볼 수 없었다. 검은 땅 위에 지어진 이 도시는 사막에 만든 라스베가스와 비교도 할 수 없이 낡고 초라하고 쓸쓸해 보였다. 왜일까? 사막에는 없지만 이곳에는 검은 눈물이 있어서 그런 것일까? 그런 쓸데없는 생각을 했다. 아마도 벽화에 그려진 얼굴 때문인지도 모르겠다.

사내들은 끊임없이 무엇인가를 시켰고 한 여자가 그들이 시킨 것을 나르고 있었다. 그들이 유리로 된 미닫이문을 열어 놓고 앉아 있어서 가게 안의 모습이 비교적 잘 보였지만 테이블 너머 실내는 조금 어두웠다. 안으로 들어가지 않는 한 여자가 이진숙인지는 확인할 수 없을 듯했다.

"여기에 엄마가 있는 거야?"

해나가 물었다.

"연희가 꼬망네에서 그 사람이 일한다고 했어."

"안으로 들어가서 물어보자."

"싫어."

"왜?"

해나가 물었지만 바로 대답하지 못했다.

"무섭다……."

해나가 그런 나를 빤히 쳐다보다 애원하는 투로 말했다.

"그럼 어쩌려고? 마냥 기다려?"

"딱 십 분만 있다가 가자."

해나가 말없이 고개를 끄덕였다.

십 분은 생각보다 빨리 지나갔다. 사내들은 계속 술을 마셔 댔고 왔다 갔다 하던 아줌마는 더 이상 보이지 않았다. 그러다가 사내 중 한 명이 자꾸만 우리를 바라보았다. 해나도 그 시선을 느낀 것 같았다.

"가자."

내 말에 해나도 결국 포기한 것 같았다.

우리는 골목을 벗어나 역으로 올라갔다. 기차는 삼십 분 후면 도착할 예정이었다.

집으로 가는 길이 왜 길을 잃고 가는 것처럼 느껴질까? 기다란 그림자가 드리워진 역에 서서 하늘을 보았다. 오늘의 태양이 떴는지 확인하고 싶었다.

벌은 여러 가지 방법으로 집과 꽃을 찾는다. 후각, 시각, 꼬리 춤을 이용해서 길을 기억하고 전달한다. 어쩌다 낯선 곳에 가게 된 벌에게는 태양이 바로 이정표가 된다. 벌은 태어나면서부터 자외선을 감지하는 능력이 있기 때문이다. 그들이 길을 잃지 않는 이유다.

태양은 높은 하늘 위에 떠 있다. 나는 모든 감각을 이용해서 집으로 돌아가야 한다. 더는 슬프지 않기 위해.

지옥의 문을 지키는 거인

사북에 다녀온 후 해나도 나도 말수가 줄었다. 많은 말을 하고 싶지 않은 나날이었다.

Honey에서는 에어컨을 틀지 않는 날이 많아졌다. 선선한 바람이 옥상을 통해 실내까지 들어왔다. 야외 정원에 앉아 있으면 그 바람이 세차게 느껴지기도 했다.

정원에 노란 국화가 가득 피었다. 5월에 순을 잘라 정원에 심어 둔 게 흐드러지게 퍼진 셈이다. 노랑과 자주색 마리골드며, 늦게까지 핀 연분홍 백일홍, 보라색 벌개미취도 아직 꽃을 감추지 못했다. 가을 벌들이 행복한 날이었다.

사북의 김연희는 정원에 핀 꽃을 닮았다. 노란 국화가 연희의 가방 같았고 보라색 벌개미취의 색이 연희가 신은 운동화 색과 같았다. 연희는 웃을 때 뺨이 백일홍의 연분홍색처럼 물들었다.

등나무 정자에 누워 하늘을 보면 이곳이 서울인 걸 자꾸만 잊게 된다. 바람과 냄새, 그리고 날아오는 벌들이 나를 보령으로 데려간다.

그리고 잠시 후, 초록색 헬멧을 쓴 남자들이 Honey에 들이닥쳤다. 헬멧 중앙에 '안전'이라는 붉은 글씨가 떡하니 붙어 있었다. 초록 바탕에 붉은 글씨라니 무지막지한 힘이 느껴지는 안전모였다.

해나가 예정보다 늦은 퇴근 준비를 하고 있었고 나는 지난주부터 다니기 시작한 학원 숙제를 하던 참이었다. 진우 삼촌은 진천의 어느 양봉장에 다녀오는 중이었다.

안전모들은 Honey의 살림을 들어내기 시작했다. 철로 세운 벽들을 해체했고 바닥을 뜯어냈다.

"누가 시켜서 온 거예요? 우리 아빠죠?"

해나가 안전모를 따라다녔다.

안전모들은 약속이나 한 듯이 아무런 대꾸도 하지 않았다. 그저 제 할 일을 하면 그만이라는 듯이 몸을 움직였다. 나는 그들의 침묵이 더 무서웠다.

그들의 움직임은 정확했다. 구부러진 곡괭이와 철심으로 벽을 허물고 마룻바닥을 뜯어냈다. 커다란 상자에 살림살이를 되는대로 쓸어 넣었고, 집기를 들어서 밖으로 날랐다. 창문을 떼어 내고 빔 프로젝터를 철거하고 책상을 들어내는 데는 그리 오랜 시간이 걸리지 않았다. 안전모들은 숫자가 많았고 그 숫자보다 많은 철거 도구들이 있었다.

해나가 미친 듯이 전화를 하기 시작했다. 그들의 단단함을 자신은 절대로 부술 수 없다는 걸 알아 버렸기 때문이다.

"전화를 안 받아!"

해나 아빠가 전화를 받지 않는 것 같았다. 곧이어 누군가에게 문자를 보내다 세 명의 사내가 카운터용 바로 쓰는 테이블을 걷어 내자 그리로 달려갔다.

해나가 테이블을 잡으며 소리쳤다.

"하지 말아요, 제발 하지 마세요!"

사내들은 조금도 동요하지 않았다. 사람이 아닌 것만 같았다. 눈도 입도 귀도 없는 것 같았다. 머리에 쓴 초록 헬멧만이 살벌하게 빛나고 있었다.

이리저리 뛰어다니던 해나가 결국에는 주저앉아 손으로 눈을 가렸다. 차마 두 눈을 뜨고 볼 수 없다는 듯이. 나는 멍하니 해나 곁에서 그들을 바라볼 뿐이었다. 내게는 아무런 힘도 없었다. 그렇다고 해나를 위로할 능력도 없었다. 마치 먼지처럼, 공기처럼 떠 있을 뿐이었다.

등나무가 꺾이고 아래에 있던 마루가 부서졌다. 나는 국화가, 백일홍이, 마리골드가, 벌개미취가 초록 헬멧의 안전화에 밟히는 걸 바라보았다. 꽃을 잃은 벌들은 보이지 않았다. 저녁이 되자 바람이 찼다.

완벽해 보였던 Honey는 불과 세 시간 만에 사라지고 있었다. 굳건하다고 믿었던 왕국의 해체는 순식간이었고 어설픈 우리의 믿음이 얼마나 부질없는지 눈으로 확인했다.

진우 삼촌이 도착했을 때 Honey는 사라진 후였다. 카페가 철거된 옥상은 헛헛한 민낯을 드러냈다. 해나는 삼촌 품에서 큰 소리로 울었다. 어린아이처럼.

그리고 그날부터 삼촌의 낡은 옥탑집에서 우리와 함께 지냈다. 우리는 갈 곳이 없었고 할 일도 없었다. 벌들이 꽃밭을 찾지 못하면 길을 잃듯, 우리는 열다섯 평 옥탑집에서 길을 잃었다.

삼촌은 날이 밝기 무섭게 밖으로 나갔고 서류를 한가득 들고 오는 날이 많았다. 누군가와 끊임없이 통화를 했다. 그러한 일들을 자꾸만 우리 눈을 피해 가며 했다. 전화기를 들고 밖으로 나간다거나 해나가 서류를 보기라도 할라치면 다른 곳에 치우기도 했다. 그런 행동들이 우리를 더 불안하게 만들었다.

사흘이 지나자 해나 엄마가 찾아왔다. 당장이라도 벌을 불러올 것처럼 하늘하늘한 시폰 블라우스와 스카프에서 달달한 향이 풍겼다.

"해나 아빠가 삼촌을 고발한대요."

"뭘로요?"

"불법 건축물이랑 미성년자 감금으로요."

"허허, 그러라고 하세요. Honey는 임차인이 보호받을 수 있는 건물이에요. 건물 주인인 형님 대신 이행 강제금도 제가 냈고요. 오히려 소송하면 형님이 불법 건축물을 지은 거라서 책임을 물게 될 겁니다. 형님이 누구보다 잘 알고 있을 거예요. 그딴 식으로 협박하고 싶다면 어디 해 보라고 하세요."

"해나 일은 어쩌시려고요?"

해나 엄마가 해나를 쳐다봤다.

"엄마, 나 좀 그 집에서 쫓아내 줘……."

해나 엄마가 혀를 찼다.

"제발 정신 좀 차려. 아빠를 네가 어떻게 이길 건데? 이기고 싶으면 우선 힘부터 가지든가? 제 아빠 앞에서는 벌벌 떨기 바쁘면서 어떻게 싸우겠다는 소린지……."

"그래서 엄마는 아빠한테 빌붙어서 사는 거야? 힘이 없어서?"

"적어도 도망치거나 스스로를 가두진 않아. 싸울 수 없다면 너 자신을 지킬 수 있는 힘이라도 키워 봐."

"엄만 그게 쉬워? 그래서 엄마가 한 게 뭔데?"

"얘가 정말……!"

해나 엄마가 당황하면서 딴 곳을 보는 척했다. 적어도 해나 엄마는 도망간 우리 엄마와는 달랐다. 맞서 싸울 수 있는 사람인 것 같았다.

"삼촌, 해나 좀 어떻게 해 줘요. 계속 여기 있으면 삼촌이 더 불리해요."

"삼촌한테 왜 그래?"

"그만해, 해나야. 엄마도 힘드셔. 그러니까 이곳까지 오신 거라고."

"쟤가 뭘 알겠어요? 쟤는 내가 매일같이 노는 줄 알아요. 나도 네 아빠를 이겨 보려고 싸우고 있어. 너만 싸우고 있는 게 아니야."

해나 엄마가 날 쳐다보며 말을 이었다.

"그나저나 연우는 어떻게 할 거예요?"

"말해야죠."

"정말 입양하시게요?"

입양이라는 말에 이번에는 해나와 내 눈이 마주쳤다.

"입양? 누구? 연우?"

해나가 급하게 끼어들었다.

"아직 상의하지 않았으니까 나중에 얘기해요."

진우 삼촌이 내 시선을 피했다.

"연우를 삼촌이 입양할 거야? 연우 너는 알고 있었어? 몰랐네……. 얼굴 보니까 처음 듣는 소리네. 절대 안 돼."

"뭘?"

해나 엄마가 물었다.

"연우 입양하는 거 안 된다고."

"그거야 두 사람이 결정할 일이지. 그런데 넌 왜 안 된다는 건데?"

"나, 연우 좋아한단 말이야. 이미 고백도 했다고. 근데 사촌이 되라는 거야?"

해나 엄마가 머리를 감쌌고 삼촌도 조금은 놀란 눈치였다.

그나마 해나 때문에 이 무거움이 덜어졌다. 일부러 그런 건지 알 수 없는 녀석이었다.

해나 엄마는 사는 모양이 이러면 애들 건강에 해롭다는 둥, 다 큰 애들이 한집에 있는 건 위험하다는 둥 잔소리를 가득 풀어냈다. 나는 해나 엄마가 해나 말처럼 무심한 사람이 아닐지도 모른다고 생각했다.

잔소리가 다 끝났는지 해나 엄마가 식탁 위에 하얀 봉투를 올려놓았다.

"뭐예요?"

삼촌이 물었다.

"돈 좀 넣었어요. 애를 둘씩이나 먹여야 하고 해나 아빠랑 싸우려면 필요할 거예요."

"저도 있어요."

삼촌 얼굴이 붉어졌다.

"어렵게 백이며 모피며 다 팔아서 장만한 거예요. 예비용 총알이라고 생각하고 받아 두세요. 이 정도는 해야 나중에 해나한테 원망이라도 안 듣죠. 뒤끝이 어찌나 긴지……."

해나 엄마는 삼촌이 더 무안하지 않도록 서둘러 집을 나갔다. 얼마 지나지 않아 음식과 옷, 그리고 생활용품이 배달되었다.

Honey가 사라졌다고 세상이 끝나지는 않았다. 나는 날이 밝으면 학원에 갈 것이다. 해나는 당분간 내 방을 차지한 채 다른 알바를 찾을 것이다. 진우 삼촌은 Honey를 되찾으려 아등바등할 거다. 다시는 흔들리지 않을 Honey를 만들겠다고 약속했지만 쉬운 일이 아닐 거라는 걸 우리도 알고 있었다. 흩어진 벌처럼 우리는 제 할 일을 할 것이고 그것이 어떤 결과로 되돌아올지는 아무도 모른다.

그날 밤 진우 삼촌과 나는 거실에 마주 앉았다. 해나가 잠든 후였고 이야기를 나누기에 적당한 밤이었다. 해나 엄마가 돌아간 이후에도 난 입양에 대해서 묻지 않았다. 오히려 해나가 끊임없이 물었다. 삼촌은 아무런 대답도 하지 않았다. 드디어 답을 들어야 할 시간이었다.

"긴 이야기가 될 거야."

삼촌이 어렵게 입을 뗐다.

"절 어떻게 하실 건데요?"

"네가 아니라 우선 내 얘기부터 할게. 내가 왜 너를 데려와야 했는지 그것부터 얘기해야겠구나."

진우 삼촌은 아버지인 서갑수 씨의 젊은 날부터 얘기하기 시작했다. 해나의 할아버지였다.

서갑수 씨는 명동 일대에서 사채를 하는 돈놀이꾼이었다. 가난한 상인들에게 돈을 빌려주고 비싼 이자를 받아 재산을 불렸다. 이자를 낼 수 없었던 사람은 가게를 담보로 돈을 꿨다가 그 돈을 갚지 못해 가게를 빼앗기기도 했다. 하이센터는 그렇게 상인들의 피눈물과 땀 같은 돈을 뜯어내 세운 것이다.

서갑수 씨는 지독하게 돈을 모아서 그럴듯한 가정도 꾸렸다. 해나 아빠와 진우 삼촌을 몇 년 터울로 낳았다. 남에게 지독했던 만큼 가정에서도 그리 좋은 사람이 아니었다. 더없이 폭력적인 남편이자 아버지였다. 나의 아버지처럼.

"그러던 어느 날, 어머니가 모든 걸 포기하고 말았어. 앞마당에 있던 벚나무에 목을 맸지……. 그해 벚나무에는 유난히 많은 벚꽃이 피었어. 벌이 벚꽃을 찾아오는 오월의 어느 날이었지."

진우 삼촌이 길게 한숨을 쉬고는 이어서 말했다.

"해나 아빠와 나는 나이 차이가 꽤 있어. 그래서였을까? 아버지와 형은 내게 늘 두려운 대상이었어. 두 사람은 많은 부분에서 비슷했거든. 나는 아버지한테도 맞았지만 형한테도 많이 맞았어. 늑골이 부러질 정도로 맞은 적도 있지. 형제간의 가벼운 싸움이 아닌 일방적인 폭행이었어. 형을 볼 때마다 가장 무서운 사람이 있다면 아마 저런 모습일 거라고 생각할 정도였지. 나중에서야 알았어. 형이 아버지와 꼭 닮은 사람이었다는 걸. 그러니까 형도 아버지한테 맞은 걸 그대로 내게 했던 거야. 폭력은 전염병처럼 옮겨지거든. 그 지긋지긋한 폭력은 대를 이어 계속되었어. 우리 형제가 보고 자란 폭력은 우리 안에 각인이 되었던 거지. 그리고 그 일이 벌어졌어."

자신의 아버지를 칼로 찌르고 도망간 아들이 있었다. 그렇게 세상에 던져진 아들은 어떻게 살아갔을까? 자신의 아버지인 크로노스를 피해 동굴 안으로 들어간 제우스처럼 진우 삼촌은 동굴을 찾았다. 증오와 복수를 꿈꾸기에 더없이 좋은 자궁 말이다.

"그때 형이 아버지한테 맞고 있었어. 무서웠지. 형이 맞고 나면 날 그렇게 때릴 거라는 걸 알았으니까. 어떻게 해서든 막아야 했어. 그래서 아버지를 칼로 찌르고 도망갔지. 도망가서 만난 사람이 네 아버지야. 바로 김석진 씨."

나의 아버지 김석진 씨는 한때 용역업체를 운영했다. 말이 좋아 회사지 온갖 뜨내기들을 모아 재개발이나 힘이 필요한 곳에 사람을 대곤 했다. 삼촌은 그곳에서 아버지를 만났다.

"나는 내 아버지를 죽이진 못했지만 세상을 다 죽이고 싶었어. 아버지와 형한테 못했던 복수를 하고 싶었지. 내 안에 무지막지한 폭력성이 있었던 거야. 그렇게 세상에 대한 복수랍시고 칼을 마구 휘둘렀어. 네 아버지가 내게 칼을 쥐여 주었지."

IMF 이후 2000년대로 들어서면서 토지 시장이 어느 정도 회복되었다. 급기야 2001년 재건축을 대상으로 주택 가격의 폭등 현상이 나타났다. 전국에 재개발 광풍이 몰아치며 용역업체는 사회의 필요악이 되었다.

"네 아버지는 지옥의 문을 지키는 거인이었어. 선택된 자들에게만 문을 열어 주는 신 말이야. 그 지옥에서 나는 폭력이 어떻게 개인과 세상을 무너뜨리는지 생생하게 보았어. 내 아버지와 할아버지의 지난날처럼 말이야. 그땐 무서움도 두려움도 없었어. 내게는 신이 있었으니까."

삼촌과 아버지의 마지막 철거 현장은 정릉 재개발 사업지였다. 도시 양봉 수업을 듣는 정릉 아저씨가 생각났다. 그 아저씨의 집도 그때 살아남은 곳 중 하나였다고 했다.

"철거민들은 철탑에 올라가 고공 농성까지 했지만, 결국 조직원들에게 끌려 내려왔지. 우리는 마지막 철거 작업에 들어갔어. 마지막 집을 해체할 때였어. 모든 걸 점검했다고 생각한 나는 신호를 보냈지. 골리앗 같은 포클레인이 집을 해체했어. 그런데……."

삼촌은 차마 말이 잇지 못하고 잠시 뜸을 들였다. 마치 쉬어 갈 시간이 필요한 사람처럼 한동안 말을 잇지 못했다.

"그런데…… 해체된 잔해 속에서 시신이 나왔어. 그 집에 살았던 아이였어. 다리가 불편했던 할머니와 함께 사는 그 아이는 우리 팀의 골칫덩어리였지. 모두가 손가락질을 했고 하찮게 생각했어. 우리는 그들을 사람으로 대하지 않았지. 그저 빨리 치워야 할 물건으로 생각했어. 할머니가 나간 걸 본 직원은 그 집에 아무도 없다고 했어. 나는 이

불 속에 있던 아이를 확인도 안 하고 그 말을 믿었어. 그런데 나는 보았어. 건물 잔해 속에서 처참한 모습으로 죽어 있는 아이를. 찢기고 부러지고 뒤틀리고 짓이겨진 어린아이의 죽음을 말이야. 폭력의 이면에 있는 죽음을 처음으로 목격했지. 그 일은 다른 때였으면 크게 보도가 되었을 테고 여러 사람이 책임을 져야 하는 엄청난 일이었을 거야. 그런데……."

그날은 9·11 테러가 있던 날이었다. 지구의 반대쪽에서 거대한 폭력으로 수없이 많은 사람이 죽어 갔다. 전 세계는 그날을 생생하게 중계했다. 사람들은 크게 격앙했고 분노했다. 거대한 죽음 앞에 작은 죽음이 그렇게 묻혔다.

그날 밤, 진우 삼촌은 아버지를 떠났다.

그제야 두려웠다고 한다. 자신의 손에 무엇이 들려 있는지, 무엇으로 세상과 싸우려 한 건지 비로소 볼 수 있었다고 했다.

"그런데 왜 다시 아버지를 찾아왔어요?"

그렇게 떠난 삼촌이 다시 돌아온 걸 나는 이해할 수 없었다. 영원히 잊고 싶었던 존재여야 했다.

"마지막 철거 현장을 확인했던 게 바로 나니까."

"그 아이를 삼촌이 죽였다고 생각하는군요."

진우 삼촌은 대답하지 못했다.

"그날 밤 네 아버지가 나를 찾아왔어. 집으로 들어가라고 하더구나. 나는 증오와 원망을 그곳에 두고 도망치듯 떠났어. 나중에서야 네 아버지가 그 일로 복역했다는 걸 알았지."

폭력의 먹이 사슬은 아버지를 크고 작은 일에 휘말리게 했다. 전과도 여럿 있었다. 폭력은 때때로 은폐의 수단이 되기도 한다. 강자와 약자, 권력 안에서만 존재하는 게 아니다. 신을 내세워 싸우기도 하고 투쟁이라는 이름으로 불리기도 한다. 세상은 모든 폭력 앞에 무력하다. 폭력을 미화하는 한 먹이 사슬은 결코 없어지지 않을 것이다.

진우 삼촌은 세계가 폭력 속에서 무너지는 한 시절을 위태롭게 지나고 있었다. 그해 지구는 소란과 폭력으로 점철되었다. 삼촌이 무력하게 집으로 돌아간 것도 그와 무관하지 않을 터였다. 어쩌면 열아홉 살의 아이는 너무도 지쳤고 맨얼굴의 세상이 얼마나 포악한지를 알아버렸을지도 모른다. 이제는 전설 속의 오래된 이야기처럼 박제된 순간을, 진우 삼촌은 담담히 기억하고 있었다.

결국 해나도 나도 그 먹이 사슬에서 자유롭지 못했다. 나는 담담하게 삼촌의 고백을 들었다. 그리고 점점 잔잔해진다. 고요해진다.

더는 폭력의 이유를 그들에게서 찾고 싶지 않았다. 그것이 용서라는 이름으로 불릴까 봐 두려워서다.

어느 날의 냄새

해나는 지루한 일상을 벗어날 방법을 찾아냈다. 학원이 끝나고 집에 가면 어김없이 옥상 마당에 빨래가 널려 있었다. 지난 주말에 줄을 달아 달라고 졸라 대더니 빨래를 널려고 했던 거다. 가을 햇살 속에 말라가는 빨래를 볼 때마다 새삼 이곳이 서울이 아닌 보령같이 느껴졌다.

"오늘도야?"

"뭐가?"

"오늘도 빨래를 한 거야?"

"그게 뭐 어때서?"

"이 집에 있는 모든 걸 빨려고?"

"그럴 수만 있다면 그러고 싶다……."

해나가 빨랫줄에 걸린 빨래를 만지다 말고 남산 타워를 바라보았다. 타워 너머로 옅은 구름 떼가 모여 있었다.

"오늘은 셔츠를 빨 거야. 삼촌은 셔츠가 꽤 많은데 넌 별로 없더라?"

해나가 시선을 거두고 마른빨래를 걷었다.

나는 초록 플라스틱 의자 위에 걸터앉아 해나를 바라보았다. 해나가 어디서 주워 온 것인데, 아쉬울 때마다 요긴하게 앉곤 했다. 간혹 한밤중에 해나는 이곳에 앉아 어깨를 떨었다. 나는 종종 그런 해나에게 자리를 양보했다. 그렇기에 우리는 이 와중에도 평화로울 수 있었다. 게다가 지금처럼 가을바람에 말라 가는 빨래라니, 척박한 명동의 옥탑에서는 도무지 어울릴 것 같지 않은 풍경이지만 우리는 언제나 어색한 것에 더 익숙했다.

"불편하잖아."

나는 빨간 바구니에 담긴 바짝 마른 옷가지를 바라보았다.

"셔츠가?"

"응. 단추도 많고 구김도 잘 가고, 손이 많이 가잖아."

"훗! 꽤 구체적이다."

해나가 피식하고 웃었다.

엄마가 다려 준 셔츠를 딱 한 번 입어 본 적이 있다. 초등학교 축제가 있던 다음 날이었다. 축제 때 나는 합창을 했다. 여러 장기 자랑에서 탈락한 아이들에게 합창의 한구석을 내주어 명색이 모두가 참여하는 축제의 한마당이라고 자부하던 행사였다. 맨 뒷줄 구석에 멀뚱히 서서 입만 벙긋하면 되는 거였다. 그런데 의상이 문제였다. 하얀 셔츠를 입고 오라고 했다. 내게 그런 옷이 있을 턱이 없었다. 그래서 생각해 낸 게 흰색 면 티셔츠였다. 그 정도면 맨 뒷줄에서 그리 티가 나지 않을 거라 생각했다.

다행히 나 말고도 흰 셔츠가 아닌 하얀색 티를 입고 온 녀석이 있었다. 축제 날에는 임기응변으로 위기를 잘 넘겼다고 생각했는데, 다음 날의 일이 인상적이라 지금도 생생하게 기억난다.

다음 날, 엄마가 아침 댓바람부터 하얀색 셔츠를 다리고 있었다. 안 입고 가겠다는 내게 억지로 셔츠를 입혔다. 그 바싹한 느낌이 싫지 않았다. 난생처음으로 옷에서 좋은 냄새가 난다는 것도 알았다. 하지만 학교에 가서 담임 선생님의 눈빛을 본 순간, 나는 그 자리에서 사라지고 싶었다.

담임 선생님이 나를 힐끔거리며 혼잣말을 했다.

"나 원 참, 입고 오려면 어제 입고 왔어야지……."

그 말이 내게는 또 다른 폭력이라는 걸 담임 선생님은 알지 못했다.

집에 오면서 논두렁 어딘가에 그 셔츠를 버렸다. 엄마는 내가 웃통을 벗은 채 집으로 돌아왔는데도 이유를 묻지 않았다.

해나가 무릎을 접어 두 팔로 감싸 안았다. 몸을 동그랗게 만 채 저 조그만 의자 위에 앉았다. 순간 해나 의자가 내가 앉은 의자보다 큰 건 아닌지 의심했다. 그렇지 않고서야 저 자세로 안정적으로 앉아 있다는 게 믿기지 않았다.

"나는 몇 년 동안 방 안에 갇혀 있었어."

"왜 그랬던 거야? 지금의 널 보면 상상이 안 가."

"나와 아빠한테 벌을 주기 위해서."

"그게 왜 벌이야? 잘 이해가 안 돼."

"날 가둬 버리면 적어도 불편할 테니까. 자기도 사람이라면 그렇지 않겠어?"

"고작 네 아빠를 불편하게 하려고 자신을 방에 가뒀다고? 피어싱이랑 뭐가 달라?"

"그러고 보니 비슷하네. 하지만 누구도 벌을 주지 않으니까 내가 해야 해."

"어째서?"

"그게 안전하거든."

"널 가두는 게 왜 안전한 거야?"

"내 방이잖아. 거기보다 안전한 곳은 없어. 가장 안전한 동굴이랄까? 그런데 그때 가장 힘들었던 게 뭔지 알아?"

"뭔데?"

"냄새."

"냄새?"

"빨래 냄새 때문에 창문에서 뛰어내리고 싶었어."

"그 냄새가 왜?"

"다용도실이 내 방이랑 가까웠거든. 세탁기에서 마지막 헹굼을 할 때마다 섬유 유연제 냄새가 올라왔어. 바닐라, 프리지어 같은 냄새들이 베란다에 퍼졌지. 화학 물질로 만든 냄새인 줄 알면서도 가끔 울었어. 너무 좋아서 말이야. 창으로 햇볕이 쏟아지는 날에 그 향이 가득할 때면 그대로 뛰쳐나가고 싶었어. 마치 벌들처럼."

"벌?"

"벌들도 꽃에게 가는 길이 위험한 걸 알면서도 가잖아. 아무리 멀고 높은 곳이어도. 그곳에 가면 떨어지거나 길을 잃을지도 모르는데 말이야. 아니, 아니다. 벌은 날개가 있어서 떨어지진 않으려나? 훗!"

말끝에 바람 빠진 소리가 들렸다.

"왜 도망치지 않았어?"

"그러는 너는?"

"나? 나는 도망갈 곳이 없었어. 엄마가 아버지 옆에 있었으니까."

"나중에는? 나중엔 엄마도 없었잖아?"

"그땐 엄마를 기다려야 했으니까."

"바보, 멍청이……. 도망간 엄마라고 욕할 땐 언제고……."

아무런 대꾸도 할 수 없었다.

"거봐, 너도 못했잖아. 내가 나를 방에 가뒀듯이 너도 너의 방에 갇혀서 살았던 거야. 우리는 이 시시한 세상으로부터 절대로 도망칠 수 없어. 그래서야……. 그래서 피어싱을 하는 거야. 내가 할 수 있는 게 그것밖에 없거든. 내 상처를 감출 수 있는 유일한 것, 아픈 걸 잠시라도 잊게 해 주는 것, 날 감추기에는 그게 딱 적당했던 거야. 그런데 너한텐 벌이 있잖아."

"벌?"

"널 감출 수 있는 거. 널 세상으로부터 보호해 주는 벌 말이야."

"벌이 날 보호한다고?"

깜짝 놀라 자꾸만 되묻게 되었다.

"벌은 너와 네가 사랑하는 사람을 지켜 주는 것 같아."

"네가 만든 판타지야."

"이 시시한 세상에 판타지 정도는 있어 줘야 하는 거 아닐까?"

"네가 생각하는 것처럼 세상이 그 정도로 시시할까?"

"어른들은 너무 쉽게 세상을 시시하게 만들어 버렸어. 우리한텐 아무 힘이 없고."

"무시해. 우리가 만든 세상이 아니잖아……."

"그런가? 우리가 만든 게 아닌 걸까?"

"그래도…… 네 엄마는 괜찮은 어른이잖아."

"좋은 사람이지. 강한 사람이야. 방에 날 가뒀을 때 오히려 담담했던 건 엄마였어. 엄마는 날 기다려 줬어. 다그치지 않고 말이야. 아마도 그게 엄마의 방법이었을지도 모르지. 기다려 주는 거."

"그런 것 같다. 다행이네……."

"다행이지. 엄마가 강해서 다행이지……."

해나가 노을이 지는 하늘을 바라보며 중얼거렸다.

해나의 시선이 너무 멀리 있다. 나는 그 시선을 가져오고 싶었지만 방법을 알 수 없었다. 당장 나의 시선도 멀리 있었기에.

"이번에는 도망치지 말자……."

해나에게 말했다.

해나가 힘없이 웃었다. 나는 따라 웃지 못했다. 우리는 어두워지기 전에 빨래통을 들고 집 안으로 들어왔다.

해나와 함께한 요 며칠은 꽤 즐거웠다. 마치 누군가의 평범한 일상 같았다. 학원에 갔다가 집으로 들어갈 때면 나도 모르게 서둘렀다. 어린 동생이 목을 빼고 기다리고 있는 어느 날 같았다.

우리는 불안해하면서도 자주 웃었고, 간간이 편안함을 느끼기도 했다. 아쉬운 게 있다면 온전히 그 즐거움을 누리지 못했다는 것이고, 그나마 다행인 건 그것만으로도 충분하다는 생각이 들었던 것이다.

며칠 후 특강이 있어서 깜깜해져서야 집에 돌아왔다. 그런데 옥상에 널린 빨래가 그대로였다. 해나가 자기 집으로 돌아간 거였다. 인사도 없이 가 버린 해나에게 몹시도 서운했지만 그 애에게 집이 있다는 걸 받아들여야 했다. 전화도 메시지도 없는 며칠이 지났다. 궁금했지만 먼저 연락하지 않았다.

그리고 일주일 만에 연락이 왔다.

해나가 다시 자살 기도를 했다. 이번에는 꽤 심각하다고 했다. 단순한 연습이 아니었다.

삼촌과 나는 병원으로 향했다. 병실에는 해나 엄마가 앉아 있었다.

"죽지는 않았어요……. 흐흐흑……."

급기야 해나 엄마가 울어 버렸다.

"괜찮아요. 언제나 그랬듯이 별일 아니라며 깨어날 겁니다."

진우 삼촌이 위로했다.

해나는 기도에 관을 삽입한 채 누워 있었다. 하얀 침실에서 하얀 환자복을 입은 채 하얀 침구 위에 누워 있었다. 하얗다 못해 투명할 정도로 창백한 얼굴로.

나는 해나가 숨을 쉬고 있는지 확인하고 싶었다. 그 애의 체온과 숨

결을 느끼고 싶었다. 해나의 손을 잡았다. 온기가 느껴졌다.

"바보 같은 놈……."

작게 중얼거렸다.

"의식이 안 돌아와요. 나……, 무서워요. 이번엔 진짜 해나를 잃게 될까 봐……."

해나 엄마가 작게 중얼거렸다.

"형은요?"

"한동안 코로나 때문에 못 나갔다고 필리핀에 갔어요. 지금 들어오고 있을 거예요."

Honey를 없애고도 해나 아빠는 잘 살고 있었다. 누군가에게 빌려준 돈의 이자를 받으러 다녔고 코로나로 장사가 안 돼 월세를 내지 못하는 사람들을 내쫓았다. 여느 때와 같이 골프 가방과 함께 비행기를 탔을 것이다. 누구도 그의 앞길을 막을 수 없었다. 그것이 역병이든 누군가의 목숨이든 상관없었다.

"아저씨 때문이에요."

나는 해나의 손을 꽉 잡았다.

"응?"

등 뒤에서 진우 삼촌이 물었다. 내 소리가 너무 작았나 보다.

"이게 다 아저씨 때문이라고요."

해나 엄마가 날 바라보는 게 느껴졌다.

"그건 그래. 하지만 이번에는 그이도 해나랑 잘해 보려고 했어."

"이미 Honey가 끝장났어요. 해나도 알고 있어요. 다시 찾을 수 없다는 걸."

해나 엄마도 진우 삼촌도 더는 대꾸하지 않았다. 나는 해나 손을 꽉 잡았다. 또다시 놓치지 않으려면 단단히 잡아야 했다. 다만 너무 세지는 않게.

매일매일 병원으로 갔다. 똑같은 자세로 누워 있는 해나를 보다가 돌아오곤 했다. 해나 엄마와 가끔 단둘이 밥을 먹었고 때론 진우 삼촌까지 셋이서 밥을 먹기도 했다. 하지만 해나 아빠는 그곳에 없었다. 해나 엄마가 당분간 오지 말라고 으름장을 놓은 것 같았다.

그리고 얼마 후, 해나가 깨어났다. 영원히 뜨지 않을 것처럼 단단히 감긴 눈을 뜬 날, 녀석이 나를 보며 울었다.

"진짜 죽을 뻔했어."

"그래, 죽을 뻔했지. 넌 왜 그렇게 바보 같냐?"

"그러니까."

"더는 연습 같은 거 하지 마."

"……."

해나는 나와 진우 삼촌이 있는 옥탑집으로 퇴원하기로 했다. 해나 엄마의 결정이었다.

해나는 집에 가기 전 Honey에 들렀다 가자고 했다. 삼촌의 정원이 보고 싶다면서 유별을 떨었다. 실은 나도 Honey가 궁금했다. 그날 이후 한 번도 가 보지 않았다. 망가진 그곳을 보는 게 쉬운 일은 아니었으니까. 진우 삼촌이 말렸지만 해나의 고집을 꺾을 수는 없었다.

옥상에 오르자 저물어 가는 가을 하늘 아래에 계절의 냄새가 가득

했다. 카페가 철거되고 처음 와 보는 것이었다. 부러진 아로니아 나무에는 검은 열매가 무르익고 있었다. 가지가 휘어져 있는데도 열매는 악착같이 매달려 있었고 국화도 죽지 않고 살아 있었다. 쓰러진 벌통도 그대로였다. 그들은 각자 냄새를 품고 있었다. 모든 것이 멈춘 줄 알았는데 이곳은 계속 살아내고 있었다.

"나중에 나 죽으면 여기에 뿌려 줘."

"이제 살아난 것이 말 한번 잘한다."

해나 엄마가 혀를 찼다.

"걱정 마. 다시는 안 할 거야."

"정말이지? 다시는 그러면 안 돼."

"알았다니까."

"뭘 알아?"

그때 누군가 물었다. 우리는 동시에 뒤를 돌아보았다.

해나 아빠였다.

"날 피해서 온 곳이 기껏 여기야?"

해나 아빠가 얼굴을 잔뜩 찡그린 채 서 있었다.

"당신이 여기 왜 있어?"

해나 엄마가 놀라서 물었다.

"내 건물이니까 내가 여기 있는 건 자연스러운 일이 아닐까? 당신이 여기 있는 이유를 대야 할 것 같은데?"

"금방 갈 거예요. 걱정 마세요."

해나가 나섰다.

"해나야, 그런 게 아니야. 아빠랑 얘기 좀 하자."

"듣고 싶지 않아요."

"진우나 네 엄마가 뭐라고 말했는지 모르겠지만 다 잘살자고 한 일이었어."

"이게 잘사는 건가요?"

해나는 처음으로 자기 아빠를 똑바로 쳐다봤다.

"그럼, 잘살고 있지. 네가 원하는 건 다 해 주잖아. 학교 그만두고 싶다고 해서 그만두게 해. 집에만 있고 싶다고 해서 그것도 용납할 수 없었지만 네 생각 해서 참았어. 여기서 내가 뭘 더 해야겠니?"

"……그게 과연 절 위한 걸까요? 아빠의 폭력은 항상 그렇게 포장된다는 거 아세요?"

해나 아빠의 얼굴이 점점 붉어졌다.

"나는 내가 해야 할 일을 했을 뿐이야. 폭력이라고? 그럼 누구처럼 벌이나 키우면서 살면 착한 거라던? 모두가 벌을 키울 수는 없잖아? 나는 열심히 산 죄밖에 없어. 널 키웠고 내 가정을 지켰고 내 재산을 지킨 것뿐이라고!"

"아빠는 늘 그런 식이에요. 아빠가 뭘 잘못했는지 모르잖아요……."

해나가 고개를 돌려 버렸다. 무엇도 듣거나 보고 싶지 않은 모양이었다.

해나 아빠가 성큼성큼 걸어서 곁으로 다가왔다. 해나가 그만큼 물러섰다.

"당신, 정말 왜 이래? 해나가 진정할 때까지 기다리기로 했잖아. 잊었어?"

해나 엄마가 해나 아빠를 막아섰다. 진우 삼촌이 그 사이에 끼어들었다.

"그만해요. 나중에 얘기해요."

"저리 비켜. 다들 한통속이잖아. 내가 이대로 당할 것 같아?"

해나는 저만치 서서 울고 있었다. 나는 그들 뒤에서 이 모든 걸 바라보았다.

영화의 한 장면을 보듯 그들을 지켜보았다. 가까이 가지 않으면 그곳의 슬픔과 거리를 둘 수 있을 것만 같았다. 깊게 들어가지 않으면 이 분노도 내 것이 아니게 될 것 같았다.

많이 좋아하지 말 걸 그랬다. 소리 내어 웃지 말 걸 그랬다. 말을 많이 하지 말 걸 그랬다. 그랬다면 지금 나는 이곳에 있지 않아도 될 터였다. 해나의 아픔 따위는 그저 누군가의 아픔이라며 무시할 수 있었을 텐데.

제기랄!

제기랄!

자꾸만 화가 났다. 해나 아빠가 해나를 울렸다. 해나 아빠가 우리 모두를 아프게 했다. 해나 아빠가 우리를 죽이려 했다.

왜 우리는 피 흘리며 아파해야 하는 걸까? 왜 우리는 그들과 싸우지 못하고 번번이 이 승부에서 도망쳐야만 하는 걸까?

나는 해나 아빠를 노려보았다. 그러자 그날의 내 아버지와 겹쳐 보였다. 눈을 깜박여도, 눈을 비비고 다시 봐도 해나 아빠 옆에 그날의 내 아버지가 서 있었다.

맞을 때마다 아버지를 똑바로 쳐다봤다. 그런 나 때문에 아버지는 더 많이 화가 났다.

"어딜 쳐다봐?"

"눈알을 확 뽑아 버릴라!"

"그래도 똑바로 쳐다보네?"

"그래, 어디 끝까지 봐. 그놈의 눈구녕으로 쳐다보라고!"

아버지가 이런 말을 할수록 나는 더 뚫어져라 쳐다봤다. 몽둥이가 내리꽂혀도, 아버지의 손바닥이 뺨 위를 달려도 시선을 떼지 않았다. 왜냐하면, 나는 기억해야만 했다. 그 모든 걸. 잊지 않기 위해 내가 할 수 있는 유일한 행동이었다.

잠시 후 해나가 뒷걸음질치다 부서진 벌통에 걸려 뒤로 넘어지고 말았다. 그러자 벌통 안에서 벌 한 마리가 쪼르륵 날아올랐다. 미처 도망가지 못한 벌이었다. 아니면 혼자 남겨진 벌일지도 모른다.

한 마리,

두 마리,

세 마리,

벌이 늘어나고 있었다.

급기야 벌들이 쏟아지기 시작했다. 모두가 떠난 빈집이라고 생각했는데 벌들은 그 집을 지키고 있었다. 마치 Honey를 지키고 있었다는 듯이.

벌들은 성난 소리를 내며 날개를 비벼 댔다.

윙-

소리가 소리를 불러 모으듯 벌들은 더 많은 벌을 불러왔다. 곧 수천 마리의 벌 떼가 야외 정원을 채우기 시작했다.

해나 엄마가 비명을 지르며 해나에게 다가갔다. 해나 아빠는 재킷을 벗어 성난 벌 떼를 향해 휘둘렀다.

"뭐야! 이런 벌 떼 새끼들!"

그럴수록 벌들이 해나 아빠를 향해 맹렬히 날아들었다. 이제는 모든 벌이 해나 아빠를 공격하기 시작했다. 큰 움직임은 벌이 가장 좋아하는 춤이다.

"가만히 있어! 형, 제발 가만히 있으라고!"

진우 삼촌이 외쳤다.

"해나야……, 해나야!"

해나 엄마의 울음소리와 남자들의 고함 소리가 벌 떼 소리에 묻힌다.

아무 소리도 들리지 않는다.

나를 채우고 있는 건 아무것도 없다.

나는 먼지다.

나는 바람이다.

나는 공기다.

그러니까 누구의 아픔도 기억하고 싶지 않다.

그제야 마음이 진정된다. 누구도 나를 아프게 하지 않을 것이다. 누구도 해나를 아프게 하면 안 된다.

나는 사납게 날고 있는 벌들을 바라본다. 벌들을 똑바로 바라보며 그들의 성난 춤을 따라간다.

진우 삼촌이 나를 빤히 보다가 이내 벌들의 몸짓을 지켜본다. 나는 눈도 깜빡이지 않고 벌들을 바라본다. 조금도 흔들리지 않고 벌 떼를 좇는다. 아니, 벌 떼가 내 시선을 좇는다.

"연우야!"

누군가 나를 부른다.

"연우야!"

익숙한 목소리다.

"연우야, 제발 나를 봐!"

진우 삼촌이다.

그런데, 그런데 시선을 뗄 수가 없다. 벌들에게 묶인 내 시선을 돌릴 수가 없다.

"연우야……, 제발 나를 봐……. 그러다 형이 죽어……. 형이 죽어, 연우야……."

진우 삼촌이 흐느껴 울었다.

내가 사랑한 남자가 울고 있다. 내가 좋아하는 유일한 인간이 울고 있다.

그는 벌 떼에 둘러싸인 해나 아빠를 두 팔로 안은 채 나를 바라보고 있었다. 벌 떼 속에서 우는 삼촌을 보았다.

그제야 해나 아빠가 보였다. 내 아버지처럼 쓰러져 있는 해나 아빠.

그날처럼, 그날처럼!

나는 두 손으로 눈을 가리고 소리를 질렀다.

아아아아아아악

아아아아아아아아아아아아악!

허니보이 비

해나는 결국 자기 집으로 돌아갔다. 해나 아빠는 무사했다. 자칫 심장 마비가 올 뻔한 위기가 있었지만 다행히 살아남았다. 벌에 쏘여 부은 곳이 있지만 목숨을 건진 것만으로도 천만다행이라고 했다.

하지만 나는 알고 있다. 내가 해나 아빠를 죽이려 했다는 걸. 이번에는 정신을 잃지도 않았다. 심지어 분명하게 기억하고 있었다.

훗날 진우 삼촌은 세상에 벌어지는 모든 일에 이유가 있는 건 아니라고 했다. 이유가 없는 일은 언제나 있기 마련이고 우린 한낱 미숙한 존재이기에 그 전부를 알 수 없다고. 그래서 더없이 겸손해야 한다고 말이다.

나의 증오와 분노가 벌을 불렀을지도 모른다. 해나와 삼촌 말처럼 벌이 나를 지켜 줄 거라는 믿음과는 다르게 내가 불러온 벌은 누군가를 위험에 빠지게 했다. 그래서 힘든 시간을 보내야만 했다.

그즈음 '이진숙' 씨로부터 편지가 왔다. 하얀색 편지 봉투에 내 이름이 적혀 있었다. 아직도 이런 편지지와 봉투가 있다니……. 오랜 과거로부터 온 편지 같았다. 어쩌면 편지를 보내는 이 역시 과거의 '이진숙'일지도 모르겠다. 내가 기억하지도 못할 만큼의 아주 먼 과거 말이다.

편지의 내용은 간단했다. 경찰이 엄마를 찾아왔다고 한다. CCTV에 찍힌 건 사람이 아닌 벌 떼의 그림자라고 했다. 조금도 두려워하지 말라는 당부였다.

아버지가 죽던 날, 엄마는 그곳에 왔다. 5년 만의 귀환이었다. 경찰이 엄마를 의심하는 것도 무리는 아니었다. 집 나간 아내가 5년 만에 돌아왔고 그날 남편이 죽었으니까. 게다가 아이가 아버지에게 죽을 만큼 맞고 있었으니 아내의 살인 혐의가 짙어 보였다. 엄마는 귀찮은 조사를 받았을 것이다. 희철이가 결정적인 증언을 한 듯했다. 혼자 미쳐서 날뛰던 아버지가 벌통을 건드려 벌을 화나게 했다고. 119에 전화를 한 것도 희철이었다.

엄마는 보령을 떠나기 전에 배 속에 연희가 자라고 있다는 걸 알았다고 한다. 아버지에게 맞던 날 연희를 지킬 수 없을 것 같았다고 했다. 처음으로 아버지를 죽이고 싶었다며 폭력의 공포보다 자신의 살의가 더 무서웠다고 고백했다. 두려움은 또 다른 폭력을 낳는다. 그래서 그곳을 도망치듯 벗어나야 했던 것이다.

편지에 미안하다는 말 따위는 없었다. 어쩔 수 없었다는 말도 없었다. 내게 그 상황을 이해받으려고 보낸 편지가 아니었다.

엄마의 편지를 가만히 들여다보았다. 이상하리만치 담담해졌다. 구차한 변명이 아니어서 다행이라고 잠시 생각했다.

엄마는 살기 위해서 도망친 게 아니었다. 자신이 품은 또 다른 폭력이 무서워서였다.

그래서, 슬프지 않았다.

그날 밤, 오랜만에 꿈을 꾸었다.

한 소년이 울고 있었다. 소년에겐 벌이 제 날개를 비비며 내는 소리가 우는 소리로 들렸다. 자신이 울어서 벌도 운다고 생각하자 조금은 외롭지 않았다.

거인의 몸을 한 아버지는 정말이지 거대했다. 그를 올려다보려면 하늘을 마주 보아야 할 정도였다. 소년은 거인에게 빌고 빌었다. 자신의 죄가 무엇인지도 모른 채 비는 소년은 비굴해 보였다. 거인은 소년이 빌면 빌수록 더 화가 나는 듯했다.

거인이 소리를 지른다. 소리가 어찌나 큰지 소년이 귀를 막는다. 그때였다. 거인이 든 거대한 가시 몽둥이가 소년을 향해 떨어진다. 소년은 제발 이대로 죽게 해 달라고 간절히 기도한다. 아파서가 아니었다. 가시 몽둥이에 맞으면서도 소년은 통증을 느끼지 못했다. 두려움이었다. 공포였다. 공포가 소년을 질식시킬 것만 같았다.

소년은 스스로 죽을 수만 있다면 그 방법을 택하고 싶었다. 그래서였을까? 가시 몽둥이가 다시 소년의 몸에 내리꽂힐 때 벌들이 소년의 몸 위에 내려앉기 시작했다. 몽둥이가 사나울수록 벌들은 더 격렬하게 움직였다. 그러다 몇 마리는 몽둥이에 휘둘려 떨어졌다. 더러 몇 마리는 소년과 함께 몽둥이에 짓이겨졌다. 그래도 벌은 포기하지 않았다. 급기야 벌이 소년의 몸을 촘촘하게 채웠다. 소년이 천천히 일어섰다. 벌 떼가 일어선 것처럼 거인의 눈앞에 있는 건 커다란 덩어리였다.

소년의 벌건 눈이 거인을 또렷하게 바라보았다.

거인은 소년의 눈을 보며 온몸을 떨었다. 몽둥이를 쥔 손도 떨리고 있었다.

사방에서는 벌이 윙윙대며 더 많은 벌을 불러 모았다. 벌장 가득 벌들이 날아다녔다.

소년은 멀리서 희철이가 오는 걸 보았다. 잠시 후 엄마가 그 뒤를 따라왔다.

엄마가 뛰었다. 소년을 향해서.

그러자 소년이 울부짖었다. 소년의 입에서 벌이 쏟아졌다.

도망가아아아아아아!

소년이 소리치자 벌들이 일제히 날아올랐다.

하늘 높이 날아올랐던 벌들이 한 덩어리가 되어 거인에게 달라붙었다. 거인은 온몸을 비틀거리며 벌들을 떼어 내려 했다. 벌들은 계속해서 거인에게 붙었다 날았고, 날았다가 다시 붙었다. 거인은 괴성을 내질렀다.

엄마도 희철이도 그 자리에서 얼어붙었다. 누구도 벌들의 춤을 막을 수는 없었다.

거인이 쓰러지자 소년도 쓰러졌다.

소년은 바로 나였다. 벌을 부르는 아이, 김연우.

철학자가 말한 꿈이 영혼의 반영이라는 말은 거짓이다. 꿈은 현실의 반영이다. 현실이 없다면 꿈은 존재하지 않는다. 현실을 마주하지 않고는 꿈도 꾸어지지 않을 테니까.

나는 비로소 내 꿈이 무엇인지 알았다. 내 꿈은 현실을 비추는 거울과 같은 것이었다.

Honey가 부서지기 전날, 해나가 야외 정원을 바라보며 물었다.

"벌이 왜 나는지 알아?"

"글쎄, 한 번도 생각해 보지 않았는데. 살기 위해서 나는 게 아닐까?"

"그건 일반적인 답이지. 내가 어딘가에서 주워들은 이야기인데 벌은 자신이 날 수 있다는 걸 모른대. 날 수 있다는 걸 알았다면 몸이 그렇게 진화될 수 없다는 거지. 날기에는 매우 불리한 몸뚱이를 가졌다고나 할까?"

"날 수 있다는 걸 모른다고?"

"개미는 날기를 포기해서 개미가 됐거든. 사실 벌과 개미는 한때 한 종족이었대. 자신의 구조적 결함을 알아 버려서 날 수 없다고 포기했다면 우리는 날고 있는 벌을 볼 수 없었을 거야. 그러니까 넌 네가 누군지 모르기 때문에 이곳에 온 걸 수도 있어. 벌들처럼."

"내가 누군데?"

"넌 허니보이야. 달콤한 꿀을 가지고 있거든. 그래서 벌이 너를 지켜 준 거라고."

"허니보이? 나는 달콤하지 않아."

"너는 달콤해. 진우 삼촌도 나도, 심지어 네 엄마도 그걸 알았을 거야."

"엄마? 엄만…… 날 버렸어."

"버려진 게 아니야. 지키려 하는 게 달랐던 거지. 공포에 직면했을 때 우리는 종종 엉뚱하고 잘못된 선택을 하기도 해. 나나 네 엄마처럼. 그 엉뚱한 선택이 간혹 누군가를 아프게 한다는 걸 이제야 알았어."

사람들은 해나의 말처럼 공포 앞에서 종종 잘못된 선택을 하기도 한다. 진우 삼촌의 젊은 날의 선택도, 삼촌의 아버지도, 나의 엄마도 그러했을지도 모른다. 해나의 선택이 그러했듯이.

공포는 힘이 세다. 비행기를 몰고 가 고층 빌딩에 일부러 부딪치기도 하고 거인 같은 포클레인으로 누군가의 보금자리를 짓밟기도 한다. 순전히 공포를 주기 위함이다. 인간의 의지가 얼마나 나약한 것인지 공포는 잘 알고 있다. 과연 공포 앞에서 내가 벌을 부른 건지, 아니면 벌이 스스로 날 찾아온 건지 모르겠다. 어떤 추측에도 불구하고 여전히 벌은 내게로 온다.

나는 학원에 다니는 걸 포기했다. 늦게 공부라는 걸 하려니 맞지 않는 옷을 입은 것 같았다. 진우 삼촌은 내 선택을 존중해 주었다. 대신 삼촌과 함께 벌과 도시 양봉에 대해서 공부하기로 했다.

삼촌이 하는 도시 양봉 수업을 참관했고 체험하는 이들을 안내하기도 했다. 그들 중에는 정말 선의를 가지고 오는 이들도 있었다. 벌이 좋아서, 꿀이 좋아서 무작정 뛰어든 사람들의 눈빛에는 설렘이 있었다. 벌의 세계에 경이로움을 품고 있었고 벌을 사랑하는 마음만큼은 누가 뭐래도 진심이었다.

나는 그들에게 무엇인가를 배웠다. 사람과 자연을 바라보는 따뜻한 시선 같은 것. 도시인은 도시 안에 있기에 밖을 열망하는 건지도 모르겠다. 그들에게 그건 판타지고 로맨스일지도 모르니까. 그럼 어떠랴, 이 도시에 한 마리의 벌이라도 더 살 수 있다면 그들의 판타지는, 로맨스는 해피엔딩이 될지도 모른다.

진우 삼촌과 해나 아빠의 지루한 소송전이 시작되었다. 다행이라면 진우 삼촌의 도시 양봉 사업이 정부의 프로젝트인 도시 재생 사업에 선정된 것이다. 이름부터 애매한 사업이지만 도시가 재생을 하면 어떤 모습일지 궁금했다. 도시라는 거대한 접시에 건물만 우뚝 선다는 건 심심한 일이긴 하다. 도시와 자연이, 그리고 벌이 공생할 수 있는 유토피아를 꿈꾸지만 가능한 일인지는 모르겠다.

하지만 상상 이상의 것을 창조하는 게 인간이다. 상상 이상의 일이 벌어지기도 한다. 내가 만난 벌처럼. 도태되고 몰락하는 것들은 상상력이 있어야 살아남을 수 있기 때문이다. 신의 상상력이 더는 재미가 없어서 좀 더 재밌으라고 약한 존재를 만든 건지도 모르겠다.

머나먼 곳에 다르위쉬라는 시인이 산다. 팔레스타인 사람인 그는 어릴 적에 이스라엘의 침공으로 고향을 떠난 뒤 지금까지 스무 군데가 넘는 곳을 옮겨 다니며 살고 있다. 고향을 잃은 채 이곳저곳을 전전하며 나이를 먹은 시인은 마침내 깨닫게 되었다.

본디 우리는 유랑하는 존재였다는 걸.

그리하여 그가 노래한다.

> 유랑이 없다면, 나는 누구란 말인가?

그가 물으며 긴 시를 썼다.

> 이곳, 이 광장에서
> 나는 무엇을 할 것인가?
> 우리는 가벼워졌다.
> 먼 바람 속 우리의 집들만큼이나

조국을 상실하고 그 땅에서 쫓겨난 시인은 노래로 흩어진 이들에게 희망을 주었을까? 과연 신은 그들을 구원해 줄 수 있을까?

신은 인간에게 고난을 주며 상상력을 발휘하라고 한다.

지금이야말로 추방된 진우 삼촌에게 상상력이 필요할 때였다.

그런데 삼촌이 말했다.

"Honey는 어디에나 있어."

"그게 무슨 말이에요?"

"하이센터에 있던 그곳만이 Honey인 건 아니란 거지."

"싸우기 두려운 거죠?"

"싸움이 두려운 게 아니라 처음부터 내 것이 아니라는 말이야. 소유가 얼마나 지독한 폭력인지 나는 알아. 내가 아버지로부터 벗어날 수 있었던 것도 그걸 버렸기 때문이야. 내가 네 아버지를 떠날 수 있었던 것도 그걸 알았기 때문이고. 그 어디에도 내 땅이란 없는 거야. 내 것이 없듯이, 우리는 잠시 이곳에 머물다 가는 존재야. 그러니까 우리는 태어나면서부터 유랑하는 존재란 거지."

"유랑이요?"

"그래, 끊임없이 떠돌아다니는 존재일 뿐이야."

"삼촌은 억울하지도 않아요?"

나는 삼촌이 약간은 바보같이 느껴졌다.

"뭐가? 해나 아빠한테 내 지분을 빼앗겨서?"

"네."

"그게 원래 누구 거였지? 그건 누구의 것도 아닌데 어떻게 뺏을 수 있을까? 연우야?"

"네?"

"난 이 도시에서 벌어지는 폭력으로부터 영원히 유죄야. 절대로 그 죄를 용서받을 수 없어. 내가 무엇을 할 수 있겠니? 나는 그저 벌이 지나갈 자리를 마련하고 싶었을 뿐이야. 너와 해나가 쉬어 갈 수 있는 자리를 만들고 싶었던 것처럼. 내게 잠시 와 쉬어 가는 벌처럼 해나와 너도 그렇게 안전하게 자라서 이 포악한 세상을 지나 어른이 되길 바라.

그게 내가 진심으로 원하는 거야."

"삼촌은 해나를 잘 지켜 줬어요."

삼촌이 씁쓸하게 웃었다.

모든 게 지나간다는 걸 나는 학습했다. 어쩌면 진우 삼촌도 이미 알고 있는지도 모르겠다. 그는 어른이니까.

"그런데도 Honey를 찾으려는 이유가 뭐예요?"

"……형은 한 번도 자기 걸 빼앗긴 적이 없어. 상실을 이해하지 못하는 인간이지. 그래서 자기가 가진 게 얼마나 소중한지 몰라. 그걸 알려 주고 싶어."

삼촌이 잠시 뜸 들이며 말했다.

"그게 가능할까요?"

"해나가 자기 아빠한테 끊임없이 얘기한 것도 그거였을 거야. 소중한 걸 지키는 방법 말이야."

"해나 아빠를 용서한 거예요?"

"용서? 아니, 평생 용서 같은 건 못할걸. 형을 용서하려면 아버지부터 용서해야 되니까. 그건 나한테 매우 어려운 일 같구나. 다만 그도 아프다는 걸 아니까, 더는 미워하지 않기로 했어."

어쩌면 진우 삼촌은 하이센터의 Honey를 영원히 찾아올 수 없을지도 모르겠다. 하지만 괜찮다. 어차피 삼촌의 말처럼 우리는 유랑하는 인간이니까.

어느 날 길을 잃고 헤매다 어느 '라마다'에서 잠시 쉬고 있는 벌을 만날지도 모르겠다. 그가 태양을 보며 길을 찾듯이 나도 길을 찾으려고 노력할 것이다.

나는 허니보이다. 세상이 달콤하지 않다는 걸 너무 빨리 알아 버렸지만 괜찮다. 번번이 길을 잃는다 해도 언제나 태양은 뜨고, 태양이 뜨는 한 춤을 추고 있을 테니까.

허니보이 비

첫판 1쇄 펴낸날 2022년 8월 1일
4쇄 펴낸날 2024년 5월 2일

지은이 윤해연
펴낸이 박창희
편집 홍다휘 백다혜 **디자인** 전윤정 배한재
마케팅 박진호 **홍보** 김인진
회계 양여진

펴낸곳 (주) 라임
출판등록 2013년 8월 8일 제 2013-000091호
주소 경기도 파주시 심학산로 10, 우편번호 10881
전화 031) 955-9020, 9021 **팩스** 031) 955-9022
이메일 lime@limebook.co.kr **인스타그램** @lime_pub
홈페이지 www.prunsoop.co.kr

ISBN 979-11-92411-05-7 44810
979-11-951893-0-4 (세트)